# 人民共和國文化與文學叢書

## 八　編

李　怡　主編

## 第 11 冊

### 黑旗袍：中國電影的文化邏輯與市場機制
#### ——2000 年以來的文本實證（中）

袁　慶　豐　著

花木蘭文化事業有限公司

國家圖書館出版品預行編目資料

黑旗袍：中國電影的文化邏輯與市場機制——2000年以來的
文本實證（中）／袁慶豐 著 -- 初版 -- 新北市：花木蘭文化
事業有限公司，2020〔民109〕
目2+186面；19×26公分
（人民共和國文化與文學叢書 八編；第11冊）
ISBN 978-986-518-219-9（精裝）
1. 中國文化　2. 文化研究　3. 電影
820.8　　　　　　　　　　　　　　　　　　109010905

**特邀編委**（以姓氏筆畫為序）：

吳義勤　孟繁華　張　檸
張志忠　張清華　陳思和
陳曉明　程光煒　劉福春
（臺灣）宋如珊
（日本）岩佐昌暲
（新西蘭）王一燕
（澳大利亞）鄭　怡

ISBN-978-986-518-219-9

**人民共和國文化與文學叢書**
**八　編　第十一冊**　　　　　　ISBN：978-986-518-219-9

# 黑旗袍：中國電影的文化邏輯與市場機制
## —— 2000年以來的文本實證（中）

作　　　者　袁慶豐
主　　　編　李　怡
企　　　劃　四川大學中國詩歌研究院
總 編 輯　杜潔祥
副總編輯　楊嘉樂
編　　　輯　許郁翎、張雅淋　美術編輯　陳逸婷
印　　　刷　普羅文化出版廣告事業
出　　　版　花木蘭文化事業有限公司
發 行 人　高小娟
聯絡地址　235 新北市中和區中安街七二號十三樓
　　　　　　電話：02-2923-1455／傳真：02-2923-1452
網　　　址　http://www.huamulan.tw 信箱 hml810518@gmail.com
初　　　版　2020年9月
全書字數　325190字
定　　　價　八編18冊（精裝）台幣55,000元　　　　版權所有・請勿翻印

# 黑旗袍：中國電影的文化邏輯與市場機制
## ——2000年以來的文本實證（中）

袁慶豐 著

# 目

# 次

**上 冊**

序：補充和啟發　　李風逸

答客問，代「前言」

本書體例申明 ……………………………………… 1

2001 年：《安陽嬰兒》──視角流變與顛覆性表達

………………………………………… 5

2002 年：《臺北晚 9 朝 5》──誰的青春誰做主 …51

2003 年：《盲井》──裸露的腸腔和心裡的骨頭 …87

2004 年：《日日夜夜》──存在與虛無 ………… 123

2005 年：《孔雀》──故事就是歷史 …………… 155

**中 冊**

2006 年：《江城夏日》──地方等同全國 ……… 199

2007 年：《太陽照常升起》──歷史射進現實 … 227

2008 年：《立春》──無字碑和一首絕望的歌 … 277

2009 年：《三槍拍案驚奇》──新市民電影盛裝復活

……………………………………… 319

2010 年：《讓子彈飛》──新市民電影高調返場 · 347

## 下　冊

2011 年：《鋼的琴》——新左翼與回歸真實 ……… 385

2012 年：《桃姐》——何處是歸程？ ………… 421

2013 年：《私人訂製》——新市民電影常在常新 · 455

附錄一：2005 年：《定軍山》——早期中國電影歷
　　　　史生成的當下描述與歷史真實的強行對
　　　　接 ………………………………………… 489

附錄二：我真的不知道這書評的題目怎麼寫
　　　　叢禹皇 ………………………………… 507

附錄三：新左翼電影的歷史性——《新世紀中國
　　　　電影讀片報告》讀後　鍾瑞梧 ……… 513

主要參考資料 ………………………………… 517

2014 年初版《後記》：霧裏看花，上樓臺 ……… 525

海外版跋：數十年往事鎔鑄心頭 ……………… 533

十三部影片信息集合 ………………………… 537

本書內容再回顧 ……………………………… 541

作者相關著述封面照 ………………………… 543

# 2006 年：《江城夏日》——地方等同全國

圖片說明：在中國大陸市場上公開銷售的《江城夏日》DVD 碟片之封面、封底。

內容指要：

　　包括《江城夏日》在內的第六代導演的作品，對社會邊緣人群尤其是弱勢群體的關注，既是對中國電影表現社會主體人群在傳統上的恢復，也是對當代原生態文化的直接展現。他們對地方方言的引進和大量使用，以及由此呈現出的地域性和地域文化，以影像留存的方式，為中華文化的多元性提供了寶貴的可再生資源。

關鍵詞：邊緣；弱勢群體；社會主體人群；地域性；地方方言；我說故我在；

專業鏈接 1：《江城夏日》（故事片，彩色），2006 年 5 月出品（中國大陸 8 月 11 日公映）；又名《漢口夏日》、《豪華的車》，英文片名：Luxury Car，法文片名：Voiture de luxe；DVD，時長 82 分鐘。

　　》》編劇、導演：王超；攝影指導：劉勇宏；錄音：王然；美術：李文博；剪輯：陶文；副導演：雷陽、向勇、劉伯坤；

　　》》主演：田原（飾歌廳小姐李豔紅）、吳有才（飾李豔紅的父親李啟明）、黃鶴（飾李豔紅的情人鶴哥）、李怡清（飾老警察）。〔註 1〕

專業鏈接 2：影片獲獎情況：

　　　獲 2006 年第 59 屆法國戛納國際電影節「一種關注單元」最佳影片獎[1]。

〔註 1〕片頭字幕：北京百步亭文化傳播有限公司、羅森電影公司出品；參與合作：Avec la participation du、FONDS SUD CINEMA、Ministere de la Culture et de la Communication-CNC、Ministere des Affaires Etrangeres France。江城夏日。聯合拍攝：法國電影藝術。出品人：塞萬·伯斯坦；監製：王波、周偉思、王新屏、蔣選斌。編劇：王超；攝影指導：劉勇宏；錄音：王然；混錄：多米尼克·維拉德；美術：李文博；作曲：小河；主演：田原、吳有才、李貽清、黃鶴；製片人：周偉思、塞萬·伯斯坦；導演：王超。
片尾字幕：演員：李豔紅……田原，李啟明……吳有才，老警察……李貽清，鶴哥……黃鶴，李學勤……曹丞，阿麗……李麗，唐老闆……王國強，領班……王虹，胖師傅……蔡小銘，歌廳女孩甲……呂婧，歌廳女孩乙……陳豔，中年男子……田雨，值班警察……蔣漢軍，打手……蔡木子。……協助拍攝：武漢市江岸區委宣傳部；鳴謝：武漢大學、武漢鐵路局、武漢市青山區城市管理局、武漢雲頂國際娛樂管理有限公司天上人間俱樂部、武漢湖濱花園酒店、武漢百步亭花園社區珞珈山幼兒園分院、武漢百步亭集團岱山度假村……北京百步亭文化傳播有限公司-羅森電影公司-法國電影藝術，2006。（說明：以上字幕有節略；字幕錄入：王棵鎖）

**專業鏈接 3：影片鏡頭統計：**

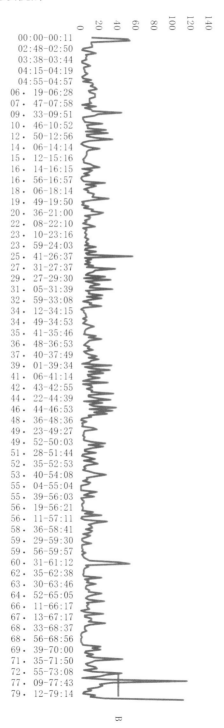

說明:全片時長 82 分鐘,共計 425 個鏡頭。其中,小於等於 5 秒的鏡頭 142
　　　個,大於 5 秒、小於等於 10 秒的鏡頭 126 個,大於 10 秒、小於等於
　　　15 秒的鏡頭 66 個,大於 15 秒、小於等於 20 秒的鏡頭 33 個,大於
　　　20 秒、小於等於 30 秒的鏡頭 36 個,大於 30 秒、小於 1 分鐘的鏡頭
　　　20 個;大於 1 分鐘的鏡頭 2 個,其中,大於五分鐘的鏡頭 0 個,大
　　　於 30 秒的長鏡頭約等於 17.3 分鐘,占總時長的 21%。

(數據統計與圖表製作:李豔;覆核:李梟雄)

**專業鏈接 4:影片經典臺詞**

「丫頭,你變樣子了,我都快認不出來了!」——「變漂亮了
吧?」——「跟電視劇裏的人一樣」。

「今天誰說有事,你都不能走!就在這裏陪我,陪到天亮。就像
歌裏唱的,天亮再見」。

「你要走是不是?你要走,你把這三杯酒喝下去。這三杯酒喝下
去,讓你走!」

「我已經一個星期沒來例假了。要是懷上了,就肯定是你的」——
——「憑什麼說是我的?你爸爸還要呆幾天?」

「當年您大學畢業的時候,為什麼沒留在城裏呢?」——「廢話,
要是留到城裏,我爸爸哪裏能認識我媽媽呢,哪裏能有我和我哥哥呢?」
——「當時,我犯了錯誤。說錯了話,就被分到山裏,一呆就是四十
年」。

「爸爸,你也真是的,這也不是在鄉下,看中了就成親。這是在
武漢,談朋友歸談朋友,結婚歸結婚,完全是兩回事」。

「深圳,聽說深圳離香港挺近吧?」

「四十年前，我離開武漢的時候，覺得挺委屈。後來在山裏認識了你媽媽，成了家。還是覺得山裏好哇」——「是呀，那是因為我媽媽好，你喜歡我媽媽」。

「豔紅，打你的那個人，我已經把他廢了。還有那個姓唐的，我一定要去廢了他！」——豔紅：「鶴哥，算了，姓唐的有來頭。這麼多人都在靠著你吃飯。你要是再出了什麼事情，我們……」。

「豔紅，你哥哥確實跟過我。我們兩個是在街上認識的，那時候，我剛從牢裏出來。但一年前，你來漢口找到我的時候。他，已經不在了。是我害了他」。

「什麼？沒找到，你們是吃白飯的？我跟你說啊，那個姓唐的，他就是燒成灰，你們也要給老子找出來！一群廢物！」

「你，還認不認得我？」——「認得，認得」——「是啊，都十年了吧？什麼時候從監獄裏出來的？」——「出來兩年了」——「噢，那你表現不錯嘛，好像是提前了？」——「教育得好，教育得好。抽、抽煙」。

「把你的駕照給我看一下。明天到所裏來一下，老地方」——「怎麼了？有什麼問題？」——「沒什麼問題，想跟你再聊一下」。

「想你哥哥了吧，我一定要把他找回來！」——「爸爸，不用找了。我哥哥，他不回來了」。

**專業鏈接 5：影片觀賞指數（個人推薦）：★★★☆☆**

## 甲、前面的話

　　一般的文藝青年都知道王超，我也忝列其中，並且不乏狂熱。王超作為中國大陸第六代導演的代表之一，2000 年的《安陽嬰兒》和 2004 年的《日日夜夜》都曾先後獲得國際性獎項和聲譽，並進入國外院線放映〔註 2〕。他編導的第三部作品《江城夏日》，（2006 年）入圍當年戛納電影節「一種關注單元」，獲得了「四星半的全場最高分，最終奪得該單元唯一最佳影片大獎」，美國電影雜誌《綜藝》稱「該片形式和內容達到完美的平衡」[2]；同年，影片在第 11 屆韓國釜山國際電影節上映[1]。需要說明的是，王超的前兩部影片都沒有能夠在中國大陸公映。所以，《江城夏日》是他的「第一次能公開在國內上映的影片」[2]。

　　但「不禁映」的市場反響反而不理想，一位熱心觀眾描述道：「2006 年 8 月 16 日星期三，《江城夏日》在北京上映的第五天，人大東門的華星影院因為沒有票房，早已下線」，即使後來訂到了票，「卻被商業片擠到了午夜場，從半夜 12 點放到凌晨 1 點半。偌大的影廳裏只有我和另外一對情侶，而他們自始至終似乎並不太計較熒幕上放的是什麼」[3]。首都如此，外地的情況也未見得好。據說，「儘管王超在國外尤其是法國已經成為中國青年導演的一面旗幟，但在國內他依然默默無聞，只是小眾電影導演的一個代表，這一次他的《江城夏日》票房慘淡，在南京的票房僅為 402 元。以至於不少人還在天涯發問：王超是誰呀？──怎一個慘字了得！」[4]

───────────────────

〔註 2〕兩部影片獲得的國際獎項以及我個人對兩部影片的討論意見，請參見本書第一
　　　章和第三章。

　　這種情形並不奇怪，因為自有其歷史原因。首先，是中國大陸觀眾市場的整體性萎縮和內地文藝作品日漸喪失號召力所致。1980 年代中期，第五代導演崛起，《黃土地》（1984）和《紅高粱》（1987）也曾獲得國際獎項〔註 3〕，但當時托起影片名聲和影響的，主要是數量巨大的大眾觀影人次，當時的電影是最受普通民眾歡迎的藝術種類。2008 年，導演謝飛撰文指出：

> 「在 20 世紀 80 年代，平均每個中國人每年進電影院 20 次以上，但是現在這一數據下降到 1 次以下。在 1978 年、1979 年，觀影人數最高達到 293 億人次，當時全國只有 10 億人口，平均下來每個人每年進電影院 29 次。……反思『文革』災難的影片《芙蓉鎮》，在 1986 年的中國市場上票房達人民幣 1 億元，按當時平均票價 0.1～0.2 元計算，觀眾數達五億至八億，可謂全民觀看。1993 年比 1992 年觀眾下降了 50 億人次，以至於到了 1990 年代後期，年均觀眾人數一直徘徊在 10 億人次以下。這時候中國已經是 13 億人口了，每年每個人進影院不到一次，和前一個階段形成了強烈的反差」。〔註4〕

---

〔註 3〕《黃土地》：1985 年獲第七屆法國南特三大洲電影節攝影獎、第三十八屆瑞士洛迦諾國際電影節銀豹獎、第二十九屆英國倫敦愛丁堡國際電影節薩特蘭杯導演獎、第五屆夏威夷國際電影節東西方文化技術交流中心電影獎和柯達最佳攝影獎（來源：百度百科〔EB/OL〕.http://baike.baidu.com/view/283095.htm，〔登錄時間：2012-10-12-21〕）。《紅高粱》：1988 年獲第三十八屆柏林國際電影節最佳故事片金熊獎、第五屆津巴布韋國際電影節最佳影片獎，最佳導演獎，故事片真實新穎獎、第三十五屆悉尼國際電影節電影評論獎、摩洛哥第一屆馬拉什國際電影電視節導演大阿特拉斯金獎；1989 年獲得第十六屆布魯塞爾國際電影節廣播電臺聽眾評委會最佳影片獎、法國第五屆蒙彼利埃國際電影節銀熊貓獎、第八屆香港電影金像獎、十大華語片之一；1990 年獲民主德國電影家協會年度獎提名獎、古巴年度發行電影評獎十部最佳故事片之一（來源：百度百科〔EB/OL〕.http://baike.baidu.com/view/107699.htm，〔登錄時間：2012-10-23〕）。

〔註 4〕轉引自謝飛：《中國電影轉型 30 年》，原載《瞭望》2009 年第 1 期（作為對比，謝飛導演選舉港臺電影為例說：「1980 年代就有一些港臺製作的娛樂片，比如《少林寺》和《媽媽再愛我一次》在內地上映贏得了非常好的票房，都超過 1 億元人民幣」）。電影研究者則用 1990 年代初期的數據做了進一步對比說明：「1992 年，中國電影……全年票房收入從 1991 年的 23.6 元億下降至 19.9 億元；全年放映場次比 1991 年減少 460 餘萬場；全年觀眾人次比 1991 年減少38.4 億，降至 105.5 億人次，比 10 年前的 1982 年減少 130 億人次。16 家故事片廠中有 6 家虧損」（陳犀禾、萬傳法：《中國當代電影的工業和美學：1978～2008》，原載《電影藝術》2008 年第 5 期）。

正因如此,1980 年代中期的《黃土地》和《紅高粱》,才在整體上顛覆了 1949 年以後中國大陸形成的觀影模式和觀影心理,並從那時起,對觀眾幾十年來被灌輸成型的「三觀」,即世界觀、價值觀和審美觀,產生了巨大的變革性社會影響,這也是第五代導演應該被歷史牢記的地方。至於第五代導演的作品被外國人,尤其歐洲人發現賞識並帶入了國際對話平臺上的意義,倒在其次。

1990 年代初期,中國大陸第六代導演漸成氣候之際,正是外國大片全面進入內地市場,觀眾群體已然被經濟大潮和 VCD 市場裏挾分流之時。不僅國產電影日漸邊緣化,事實上幾乎所有的藝術作品都面臨著消費者即擁躉者海量流失的窘境。譬如寫詩的比讀詩的多,作家比讀者多,社會整體上已經為金錢利益和經濟追求所驅動,本來可以成為龐大觀眾群體的大多數人都去追求看得見摸得著的好處,很少有人關心或分心於電影藝術。2000 年前後,DVD 在不到幾年的時間內全面取代了 VCD,就像當年的 VCD 全面淘汰錄像機一樣,觀眾的觀影模式和心理也隨之發生巨大的變化。

因此,2000 年後中國大陸電影的創作和市場表現,可以看作是當代社會和藝術發展的一個縮影,好的是真好,爛的是超爛。第五代導演和第六代導演似乎都向各自的既定方向奮力前行,或者說,呈現兩極反向運動,並且超乎人們的想像。譬如,第五代導演的《英雄》(張藝謀,2002)、《無極》(陳

凱歌，2005）、《三槍拍案驚奇》（張藝謀，2009）等，背叛了自己也背叛了觀眾，贏得罵聲一片，讓以往的觀眾有痛心疾首之感。

而第六代導演及其作品，基本是以「地下」狀態存在和發展，其優異表現，僅從一系列被禁映目錄就可見出端倪。譬如：《鬼子來了》（姜文，2000）、《蘇州河》（婁燁，2000）、《安陽嬰兒》（王超，2001）、《任逍遙》（賈樟柯，2002）、《盲井》（李楊，2003）、《日日夜夜》（王超，2004）、《向日葵》（張揚，2005）、《頤和園》（婁燁，2006）、《蘋果》（李玉，2007）、《春風沉醉的夜晚》（婁燁，2009）……〔註5〕

這從一個方面反映出中國大陸當代電影的艱難處境：體制內的產品，絕大多數無視和迴避社會矛盾，罔顧當下現實和民眾對歷史真相的追尋，從根基上敗壞了國產電影的聲譽。正因如此，第六代電影的地下狀態和勇敢追求，才再次凸顯出他們與第五代導演的本質不同。如果說，代際的劃分反映出「長江後浪推前浪，前浪死在沙灘上」的推陳出新，那麼，第六代導演的作品，從整體上再一次徹底地改變了包括新生代人群在內的、普通觀眾群體的世界觀、價值觀和審美觀。

歸根結底，第五代導演的偉大是革新性的而不是革命性的，他們更多是在藝術表現形式提升了中國電影的品質。而第六代導演更多的是在主題思想、內容表達上，做出了革命性的改變與跨越，對第五代導演的承接，主要是視

〔註5〕這些影片被禁映的信息和視頻均來自互聯網，讀者可以自行搜索參證。與此同時，粉飾現實以及和主流意識形態合謀的影片則大行其道，前者指的是2004年馮小剛編導的《天下無賊》，後者指的是「招安」後的《世界》（2005，導演賈樟柯）——我將其統稱為新市民電影。對這一概念和實證文本的具體討論，請參見本書第九章、第十章、第十二章、第十三章。

聽語言的流暢和新穎。《江城夏日》之所以被冷落，自然是在情理之中：市場不是萬能的，人，才是最主要的原因。就《江城夏日》而言，它的邊緣性和地域性特徵，既是第六代導演的共同之處，也是不能被大一統的藝術思維所容納和理解的品質。

圖片說明：這幅影片截圖在收入 2014 年版《新世紀中國電影讀片報告》時被刪除。

## 乙、社會主體人群暨邊緣人物眾生相

　　《江城夏日》給人感覺最強烈的，就是對普通人，尤其是中國大陸社會底層民眾和邊緣人物命運的關注和同情，這其實也是第六代導演作品的一個共同特點。相形之下，第五代導演的代表作品如《黃土地》、《紅高粱》、《一個和八個》等，其新穎的視聽語言形式，並沒有改變其屬於宏大敘事體系中革命敘事的本質，它們與「十七年」電影甚至「文革」電影的區別，只不過是作為其中的一個分支或曰另類表達而已。

　　譬如《黃土地》中的女主人公，與其說她半夜渡河而死是因為逃婚，不如說她要去投奔八路軍；影片結尾處，女孩的弟弟為什麼要迎著大批祭雨的人群奮力逆行？原因是看到當初的八路軍叔叔來了。《紅高粱》中的土匪抗日被殺，男主人公抱著土製地雷帶領眾鄉親勇炸鬼子軍車，仍舊可以看作是以往「紅色經典」電影的彩色絕唱版。所以，第五代導演電影中的主要人物形象，依然是 1949 年以來電影生產沿革下來的主流敘事，只不過是意識形態宣

教功能的補充說明〔註6〕。

　　而第六代導演的**代表性**作品，無論是主題思想還是人物形象，基本上都與主流意識形態及其價值觀念的灌輸與塑造多有牴牾。王超的《安陽嬰兒》和《日日夜夜》如此，他的第三部影片《江城夏日》也不例外。譬如影片中的主要人物，是三陪小姐、歌廳老闆、黑道老大、城市裏的農民工、偏遠山區的小學教師、派出所普通的一線民警，好容易出現了一個在大學裏的職工，還是個炒菜的廚子。這些人物的社會地位都不高，都屬於當今中國大陸社會的弱勢階層和邊緣群體。

　　從社會學的角度上看，1949 年以後，中國大陸的弱勢階層和邊緣群體種類眾多，人數龐大，既是社會主體人群，同時也是電影表現中的空白：第六代導演作品的顛覆性意義就在於此。因為 1949 年以後，中國大陸電影無論是主題還是人物，都被納入了意識形態宣傳的既定軌道，那些英雄故事與模範人物，基本上與普通人的生活無關。所有的能夠進入公眾視野的電影都是宣傳而非藝術，做電影和看電影本身，都是計劃經濟框架中政治宣傳的定性製作和接受「教育」的體現。

　　因此，《江城夏日》裏的普通人，就不是一般意義上的普通，而是有代表性的普通。譬如其中之一的歌廳從業人員，這是 1990 年代以來中國大陸從業人數增長最迅猛的群體之一。1949 **年以後**，這些人物即使在電影中出現，也都屬於反面形象，也就是所謂壞人或社會渣滓，是不可能被關注，更不被正

〔註 6〕《一個和八個》（編劇：張子良、王吉呈；導演：張軍釗；主演：陶澤如、陳道明、盧小燕；廣西電影製片廠 1983 年出品）的主題思想亦與前兩部影片一脈相承。當然，第五代導演在 1990 年代也並非沒有進步的表現，譬如陳凱歌的《霸王別姬》（1993）、張藝謀的《活著》（1994）等。但就他們其後的創作表現而言，似乎淺嘗輒止，故可以另當別論。

面表述的人物。女主人公李豔紅，其實是一個被包養的小三，或曰二奶。但編導不僅沒有主觀意味的社會批判意圖，反而讓觀眾對她不無同情和憐憫。李豔紅的男友倒是一個被否定的人物形象，但這並非源於他的勞改犯或黑老大的社會身份，他的罪惡在於為了掩蓋自己的罪行，殺死了一個恪盡職守的好警察。對這些人物，編導並非沒有道德判斷，只不過，他在客觀處理這些人物形象的同時，把判斷權交給了觀眾。

作為一名來自偏遠山區的小學教師，李豔紅的父親顯然是被編導特意選擇的表現對象。1949 年後，教師以及職業，始終是中國大陸社會的弱勢階層和低端行業之一；近三十年來的社會轉型和經濟發展，又將這個階層和職業推入更加邊緣的處境，尤其是偏遠山區的小學教師。實際上，這個人物的出現，已經蘊含著編導對社會的道德評判。如果說，李豔紅的職業形象（小姐）和社會形象（小三／二奶）不無值得譴責，那麼，原因和責任更多地緣於她的家庭背景尤其是父親的社會地位。

作為教育者的後代，李老師的一兒一女（注意，他們都是具有農村戶口但都沒有從事農業勞動的農民，），其實都是近三十年來中國大陸社會主體人群的典型代表：兒子進城打工，最後死於違法犯罪；女兒則做了「三陪」小姐，淪落風塵，家裏只剩下父親留守山村，照顧臥病在床的母親。影片結尾時，女兒帶著一個孤兒回到山村，陪伴著失去了妻子的父親。這個故事本身就是對小學教師生存境況的一種社會性的描述。

　　相形之下，對那位即將退休的老警察身上閃爍著的人性光芒和敬業精神，編導的處理和表現更加不動聲色。這是一個只露出一個線頭的故事，而且是用臺詞交代的：李豔紅的父親進城來找失蹤的兒子，他不知道兒子已經死了，而幫助他尋找的老警察，自己的兒子也是失蹤多年，生死未卜。警察幫助李老師尋找兒子的過程，是編導有意設置的一個廣角鏡頭，那些機器轟鳴的城市建築工地，那些工地上的農民工，以及那些生活在貧民區的人們，才是編導的用力之處。

　　正因為如此，你才會恍然大悟，李豔紅一家的故事講了一半，她本人的故事相對完整，她弟弟故事是半個，她父親、母親，以及老警察的兒子的故事，都是一個線頭，但意義已經足夠，沒有必要展開，觀眾能夠自己完善補充。就整個影片講，老警察的故事只是一個片段，但這個片段，已經足以照亮整個社會主體人群的生存狀態和道德空間。就這個角度而言，編導的眼光和剖析力度，工夫極深，展示的是當下真實的中國大陸社會及其生活形態。

也正因如此，李豔紅和黑道人物鶴哥的感情線索才具有社會性意義，與兩人聚會相關的歌廳的室內戲，也因此具有了為主題思想服務的價值。表面上看，刻意營造的五光十色的景別映像出人物夢幻般的感覺，實際上，這是人物社會背景的映襯。出入這個場合裏的人物基本上有兩類：一類如唐姓老闆，仗勢欺人；一類是歌廳女子，賣笑謀生。有錢人和掙錢的人，兩者又呈現反向運動，有錢人變得無比的壞，沒錢的人倒不無道德情操，譬如相互扶持和職業底限〔註7〕。

因此你會發現，影片對所謂邊緣人物的敘事和表達其實抓住了最重要的東西，這些人物其實是當下時代最應該被關注的群體之一。換言之，這個社會的主體，大部分是由這些俗人構成。這是第六代導演的偉大之處，也是《江城夏日》要告訴人們的道理。即什麼是生活，什麼是人性，什麼叫善惡美醜，以及它們如何對立和此消彼長。但這個過程並沒有淪於說教，而是側重觀眾的自身體味能力，市場反響不佳即源於此。因為，這是一個**熱衷於快餐**的時代，無論物質生活還是精神需求。人們忙於滿足欲望，卻忘了，欲望是有境界和層次的。

还有那个姓庄的 我一定要去废了他

─────────

〔註 7〕譬如那個女領班一開始以為李啟明是客人，當明白了大叔是來找女兒後立刻收手，這是職業底限，也是小人物身上揳射出的人性光輝。

### 丙、地方方言的全面進入與大量使用

　　大量的地方方言進入影片，甚至通篇使用，而不是讓人物講慣常的普通話，這既是第六代導演的共同特徵，也是其共同的、突出的藝術成就。電影對地方方言的大量使用和全面進入，既與電影的主題思想密切相關，更與1990年代以後中國大陸的社會文化生態密切相關。從歷史上看，自從1930年代中期，中國電影生產完全進入有聲時代後，影片中人物語言的使用並無嚴格意義上的規範。根據現存的、公眾可以看到的影片文本，1949年之前的中國電影，演員的語言基本上是在南京官話的框架內，今天聽上去，大致具備以江南地區為主的南方普通話的發音和表述特徵。

唉 艳红 你爸爸是不是叫李启明

　　實際上，1949年之前的每個影片公司，各個影片中人物的語言，又多受演員個人口音的約束。譬如1930年代明星影片公司出品的影片，胡蝶無論扮演什麼人物，始終講一口標準的北平話，如《脂粉市場》（1933）、《姊妹花》（1933）《女兒經》（1934）；而同時期電通影片公司出品的《桃李劫》（1934），主演袁牧之、陳波兒的口音，又類似今天上海人講的普通話。直到1937年，趙丹出演《十字街頭》和《馬路天使》時也是如此。更正統的口音，是以王人美、黎莉莉為代表的南京官話〔註8〕。

---

〔註8〕我對上述各影片的具體分析，請參見拙著：《黑白膠片的文化時態──1922～
　　　　1936年中國早期電影現存文本讀解》（上海三聯書店2009年版）、《黑夜到來

　　實際上，漢語語音標準統一的努力始於明朝末年，至清末民初，更經歷了由「官話」、「國音」，乃至「國語」的演進歷程；漢語語音和語言的正式趨於統一，似以國民政府大學院院長蔡元培於1928年9月正式公布的《國語羅馬字拼音法式》為標誌；至1935年，文化界688位名人領銜發表《我們對於推行新文字的意見》，將其提升至「大眾和民族解放運動」的高度〔註9〕。**最後的這個時間節點**（即1935年），恰與中國電影的全面有聲化時期相吻合，同時又與1928年南京國民政府的正式成立相承接。

　　因此，1940年代，南京官話已然是官方和地方方言勾連的主流話語體系，電影文本這方面的代表作品無數，如《一江春水向東流》（1947）和《小城之春》（1948）等均可為之參證。但這一切，並不意味著地方方言在電影中的消失，相反，1930年代的粵語（廣東話）電影不僅大量出現，而且使得淪陷時期（1938～1945）的香港成為「中國電影中心」[5] P77。直到1950年，中國大陸熱映並取得良好反響的影片對此亦無禁忌。譬如《武訓傳》（1950）中，趙丹講一口山東話——此前一年，《我們夫婦之間》（1951）和《關連長》（1951）裏幾乎所有的人物，自始至終也都在說口味濃重卻又標準的山東話。

---

之前的中國電影——1937年現存國產影片文本讀解》（中國廣播電視出版社2012年版）的相關章節，其未刪節版（配圖），參見：《黑馬甲：民國時代的左翼電影——1932～1937年現存中國電影文本讀解》（「民國文化與文學研究」文叢第五編第二十三、二十四冊，臺灣花木蘭文化出版社2015年版）、《黑皮鞋：抗戰爆發前的新市民電影——1933～1937年現存中國電影文本讀解》（「民國文化與文學研究」文叢六編第八、九冊，臺灣花木蘭文化出版社2016年版）。
〔註9〕以上概述源自《當代中國的文字改革》（當代中國出版社1995年出版），請參見中國語言文字網〔EB/OL〕.http://www.china-language.gov.cn/58/2007_6_14/1_58_222_0_1181799110191〔登陸時間：2012-04-12〕。

　　中國電影這種帶有鮮明的地域文化色彩的地方方言和強烈個人口音風格的情形，在 1950 年代初期很快消失，並從那時起幾乎完全絕跡，原因是中國大陸官方對出品上述三部電影（《武訓傳》、《我們夫婦之間》、《關連長》）的私營電影製片廠予以意識形態層面的嚴厲整肅。此後，中國大陸電影中的所有的人物語言表述，完全被新政權頒布推行的普通話全面覆蓋。直到 1990 年代第六代導演的出現，這種大一統的局面才在整體上有所改觀。

　　略加檢索包括第六代導演在內的新銳導演的代表作品，就可以看到這種歷史性的回歸現象：賈樟柯的幾乎所有影片，人物始終講山西（臨汾）話，如《小武》（1998）《站臺》（2000）《任逍遙》（2002）《世界》（2004）。顧長衛的《孔雀》（2005）和《立春》（2008），分別使用河南話和內蒙西部方言。寧浩的《瘋狂的石頭》（2006），以四川話為主，雜以重慶話、保定話、青島話，乃至粵語[6]。李楊的《盲井》（2003）講河南話，張元的《看上去很美》（2006）是北京話，張猛的《鋼的琴》（2011），清一色的東北話貫穿全片。

　　至於王小帥的《十七歲的單車》（2001）和《青紅》（2005），人物講的普通話並不標準，可以視為帶有地方口音的普通話。這裡只有姜文例外，從《鬼子來了》（2000）到《太陽照常升起》（2007），再到《讓子彈飛》（2010），全是普通話，那是因為他是在北京長大的。

　　王超自己的作品，最初的《安陽嬰兒》（2001）給人物配的是河南話，到《日日夜夜》（2004），主要人物講起了普通話。依我看，這主要是因為導演表述其哲學理念的需要，儘管如此，影片給人印象更深的，還是其他次要人物講的內蒙西部方言。2006 年的《江城夏日》回歸地方方言的使用，影片全部使用武漢話。這個變化似乎標誌著王超的覺悟：語言既是作品的外在形式，也是一定程度上的內涵體現。這也是中國電影史非常沉重的話題之一。

　　如前所述，民國電影對國語（南京官話）使用，以及人物並不標準的、帶有地方口音的語言表達，既是中國電影時代性的良好體現，也是主題思想和藝術成就地域特性和社會性的完美呈現。譬如費穆的《小城之春》，偉大的一面就在於全片五個人的言語與各自的身份地位完全吻合，以至幾十年後人們完全可以據此認同民國電影精神，完全沒有「隔」的感覺。語言是一個人客觀存在的標誌。「我思故我在」，何以證明？我說故我在。

　　地方方言的大量使用甚至貫穿影片，與第六代導演（包括新銳導演）的籍貫（或出生地）有關，也就是與他們的早年生活經歷密切相關。大致來看，王超籍貫南京[7] P147，王小帥生於上海，在貴州長大[7] P293，顧長衛、李楊，都是陝西西安人氏，賈樟柯、寧浩是山西人，婁燁、張猛分別來自上海和遼寧（瀋陽）。如果說，第六代導演的共同特點之一就是多來自普通話的興盛地之外，也就是所謂外地人，那麼，他們作品中的地域性和方言運用也就順理成章，雖然，他們作品的故事背景或發生地不一定都與自己的出生地或成長地域有關。

　　我要說的是，第六代導演作品中的地方方言使用和地域性特點，或者說，他們對這兩者的刻意強調和濃烈色彩，並非源於外地文藝青年的自卑，恰恰

相反，是出於絕對的地域文化自信和文化脈絡傳承，這也是我非常讚賞包括《江城夏日》在內的第六代導演的地方。

　　中國的文化，無論是傳統還是現代或當下，有一多半體現在語言上，而地域文化特徵及其人文內涵，更是根植於地方方言並由此生生不已。方言即地域性，即文化，所謂某地人，最終是在中國文化的層面上結晶和體現。沒有人可以規定電影一定要用普通話，因為那樣一來，生活的底蘊和原生態文化，無疑會就此消失泰半，甚至被全然抹殺。實際上，地方方言的使用，以及由此帶來的地域文化表現，是第六代導演對中華文化多元性的最大貢獻。所謂功在當代、利在千秋，庶乎可矣。因此，《江城夏日》用武漢話，向內是增加了敘事的可信度，向外，是構成歷史傳統的時代文化元素。

先生来来来

## 丁、結語

　　以《江城夏日》為代表的第六代導演作品，與王超以往的兩個電影一樣，是中國新電影的代表和希望所在。就《江城夏日》而言，它取消了電影看與被看的界限，並讓你的人生觀、世界觀、價值觀和審美觀得到映證和提升。譬如李豔紅的所作所為，既是當下時代的正常表現，也是其個人價值觀念的自然體現。當邊緣群體，尤其是弱勢階層，尤其是其中的個體成員，不被社會認可和不被保護的時候，集體是不存在的，這樣的社會也是岌岌可危的。

　　就像胡適說的那樣，一個自由的、民主的，也就是一個現代社會不是一班奴才建立起來的。只有保障了個體的權利和權力，人們才有所謂集體乃至國家的權利和權力。就此而言，《江城夏日》所表現的那些小人物，其實始終是中國社會中的大人物。因為，一個最簡單的道理是，小人物和大人物在本質上沒有任何區別。

　　從歷史的角度上看，第六代導演已經留下了不可磨滅的重要地位，值得尊敬和推崇。就當下角度說，可以樹立本土觀眾對中國電影的信心。就影片的文化影響而言，可以從地方方言體認武漢、湖北，乃至北方人眼中所謂南方的民眾生存狀態及其人文精神面貌，進而形成對當代社會整體認知的一個文化視角。就這個意義上說，地方等同全國。若再從中外文化對比的角度說，恰恰是描寫、表現、關注小人物，也就是描寫、表現、關注社會主體人群的第六代導演的作品，更能體現出強烈的中國社會特色和鮮明的漢民族文化色彩。

　　何以證明你是中國人？一個世俗標準就是衣食住行，而這四點，你會發現它們在影片中，南方地域色彩非常強烈。有一些人會對第六代導演的作品多有誤解和訾議，認為對邊緣群體的表現，譬如賈樟柯影片中的小偷、小姐、痞子、民工，《安陽嬰兒》中的下崗職工和性工作者，以及《盲井》中的殺人犯形象，是暴露社會陰暗面，是因為外國人喜歡看這些東西。其實這種想法在一定程度上說明了評判者自身內心的陰暗，因為生活中本來就存在這些東西，你不認可，要麼是你不知道，要麼是你看不到，或者，是你不知道自己不知道；再就是不讓你知道，直至你假裝不知道。

明天到所里来一趟 老地方

## 戊、多餘的話

### 子、《新聞聯播》內外的生活實景

中國大陸每年的高考都會有奇葩出現，今年（2012年）也不例外。有個考生寫了篇作文，大意是說願意生活在《新聞聯播》中，因為裏面全都是好人好事：領導不分白天黑夜地加班還不忘記給群眾送去溫暖，哪裏出現危險哪裏就有領導衝上去；在職職工都努力工作都是活雷鋒，退休職工發揮餘熱，小朋友努力學習，家庭和睦，老師親切，各行各業不收賄賂……；國外民眾則是生活在水深火熱之中，今天火災明天車禍歹徒搶銀行官員性醜聞……。最後的結論是願意死在《新聞聯播》中，因為還可以因此「永遠活在人們心中」。

就我個人的親身體會而言，其實四十年前的《新聞聯播》就是如此，作者可能在網絡上看錯了版本，所以說了一些幾十年前就廣為人知的體會。這篇作文最終得了零分，再次證明了「事實勝於雄辯」這句老話並未過時。

圖片說明：這幅截圖連同以上文字在收入《新世紀中國電影讀片報告》時一併被刪除。

### 丑、《江城夏日》的結尾

第六代導演的作品所展現的，恰恰不是陰暗，而是生活中本來就有的。

如果你認為《江城夏日》中的武漢市景不那麼好看，不是因為不好看，而是因為你（的審美視野）被屏蔽了：好不好看，它本來就是那樣的。其實，《江城夏日》中不乏溫情、希望的一面，但編導並沒有強加給你。譬如李豔紅出去打工謀生，你不能說她沒有愛情，也不能說沒有利益考量。最後，哥哥死了，情人死了，幫助父親的好警察也死了，但是生活在繼續，因為生命在繼續。這就是為什麼影片突然要用那麼長的篇幅寫她生孩子。

如果換給別的導演，或者換一種手法，完全可以這樣處理：要麼一個鏡頭處理過去，要麼在她回村時給一個遠景鏡頭，用字幕交代說：六個月以後，李豔紅生了一個男嬰，取名叫李笨笨——女的就叫李美好之類的。但王超沒有這麼做。相反。倒是產房那場室內戲用了那麼多鏡頭，是普及生產知識嗎？對，有這個寓意，你媽生你容易嗎？為什麼男人要給女人跪下求婚？因為女方承受的痛苦更多。產房這場戲，可以視為是影片的結語部分：這就是生活本身。

三个月后，刘鹤因故意杀人及抢劫罪被法院判处死刑。

影片最後對李豔紅的未來給出一個暗示性極強的圓滿補充，雖然李家的兒子死了，不在編的女婿死了，最後當媽的也死了，但一個老人、一個女兒，還有一個孫子或孫女，一家三代，正好符合中國傳統的天倫之樂的成員構成。結尾處，李豔紅回到老家村裏的鏡頭處理很是乾淨：一個鏡頭給在（長途）車上，車走，人出現；下一個鏡頭就是莽莽蒼蒼的大山深處，然後是簡陋質

樸，卻又風景如畫的小山村，然後是詩情畫意的秋天：武漢是我的傷心之地，但是我還有家，有我的童年、我的父親，和對哥哥的回憶，還有一個孩子。這個故事到最後，恰恰是那句話，生活中有陰暗的東西，但是畢竟，人們要活下去。

### 寅、《江城夏日》的視聽語言

第六代導演的電影語言沒有任何問題，就王超而言，《安陽嬰兒》和《日日夜夜》已經證明了這一點。《江城夏日》的場景和人物的出場，也有很多炫技的地方，玩得特別好，非常成熟。一個藝術家的成熟體現在風格，風格的前提是基本功的把握非常準，而且玩起來一點不生澀。

譬如影片中音樂的使用，擴大點說音響的使用，以伊朗電影《櫻桃的滋味》（1997）和《一次別離》（2011）為例。兩個片子共同的地方，是幾乎讓作曲的人歇著，我不讓你給我寫，因為我的鏡頭中本身就存在著音樂——音樂在電影中是輔助的，你不能倒過來用，否則觀眾可以直接去歌劇院。《櫻桃的滋味》用的是生活中的有源音樂，大喇叭中播出的歌曲，開車的音響，風聲，萬籟發出的音響。《一次別離》整個片子也是如此，但觀眾時常可以感受到生活（場景）當中的音樂，譬如交響樂和奏鳴曲，直到影片快結束的時候突然加了段若有若無的音樂。這時候你會發現，音樂的確是為影片主題服務的。

　　這再次證明了一個古老的真理：所有的藝術形式都是形式，只為主題服務。就像你的衣服，是為人服務的，長得不好看穿什麼都沒用；敢素面朝天的人，那是因為本錢雄厚。

　　再看《江城夏日》，它的音樂在哪？無處不在。當然它有一個與人物身份相關的特殊場景，也就是歌廳。還有汽車音響，帶出來的音樂也是非常自然的。這樣做最俗的好處至少是省了作曲的錢，最大的好處是和生活貼得特別緊。好的電影是讓你不自覺地打破看與被看的理念，**你就跳進去它就跳出來了**，隔閡被取消了。好的電影像講笑話一樣，有些人講起來不動聲色，你半夜想起來還狂笑一通，不高明的和不會講的，他還沒講自己就已經笑得不行了，等終於說完了，大家更覺得沒勁，甚至覺得講笑話的人本身就是一個現場直播的笑話。

### 卯、《江城夏日》的哲理性

　　這其實是第六代導演尤其是王超電影的絕大特色之一。譬如《日日夜夜》：故事很簡單，一個窮光蛋因為挖煤成了超級富豪，但重心不在故事上，影片到後面就不一樣了，開始上升到哲學層面思考生命。這種哲學上的追求，很對我的胃口。

　　《江城夏日》就是這樣，表面上它給你講了一個三陪小姐的故事，一個極世俗的故事，主人公作為小三，情人因為殺人被判死刑，她拿了筆錢又回

到小山村。從故事流程來說，是講完了，但導演把生孩子的一段放在結尾，用了一分多鐘，然後出字幕結束全片。

我理解的王超的意思是，故事並不是影片要告訴你的最重要的東西。真正實際上的意義在於呈現，是讓你和故事的主人公共同處於同一個空間，而這個空間你是沒有進去過的，所以它的展示滿足了觀眾對生活的理解。而這種理解是有很多層次的東西，譬如家庭關係、婚姻關係、愛情關係，還有金錢、職業、追求，以及道德衝突的矛盾和展示。

《江城夏日》最讓人佩服的是對故事線索的多種交叉，我看的時候基本上一步步猜出來了，譬如警察身上要有故事，要沒有那就是傳統的好警察，但人物立不起來。果然，他當年辦過劉鶴的案子。其他人物身上也都有故事，譬如李豔紅的父親跟武漢大學有故事，所以他去找那廚子幫忙，是有內在邏輯的。

所以，第六代導演作品的革命性，特別了不起的地方，是顛覆了觀眾的三觀，也就是世界觀、人生觀、審美觀，他們的許多作品經常讓人覺得回味無窮、意蘊深長。

因為，從藝術創造的大方面講，天下的故事兩千年前就已經講完了，沒什麼新故事；但兩千年來人們為什麼還在不斷地講故事？因為只有通過講故事和看故事，才能證明你我的存在，證明你我曾經在這個世界上生活過，因為別人和自己碰到的情況，有一樣的，也有不一樣的，不同的時間和空間所演繹的東西有共通的地方，這就是所謂的故事講完了，人生卻在永遠地繼續，永遠不能中斷。〔註10〕

〔註10〕 本章文字的主體部分（不包括戊、多餘的話）約8600字，最初在成文的當年（2012年）年底曾以《第六代導演作品中的邊緣性和地域性──以王超2006年編導的〈江城夏日〉為例》為題向外投稿，先後被兩家CSSCI級別的期刊退稿，最終發表於《汕頭大學學報》2013年第6期（廣東，雙月刊；責任編輯：李金龍）。本章全文配圖版隨後作為第六章，收入《新世紀中國電影讀片報告》。此次新版，全數予以恢復被刪節和刪改之處並以黑體字標示，（刪除的兩幅影片截圖均在圖片下方予以說明）；此外，專業鏈接4：影片經典臺詞、篇末的英文摘要、影片DVD碟片的三幅圖片，以及並列排版的十組（20幅）影片截圖，均為此次新增。特此申明。

初稿日期：2012 年 6 月 23 日
初稿錄入：鍾端梧
配圖時間：2013 年 4 月 30 日
圖文修訂：2016 年 3 月 19～20 日
新版修訂：2017 年 4 月 19 日～23 日
新版校訂：2020 年 3 月 28 日

## 參考文獻：

〔1〕百度百科〔EB/OL〕.http://baike.baidu.com/view/422273.htm〔登陸時間：2012-10-08〕

〔2〕百度百科〔EB/OL〕.http://baike.baidu.com/view/422273.htm〔登陸時間：2012-10-08〕

〔3〕豆瓣〔EB/OL〕.http://movie.douban.com/review/1066812/〔登陸時間：2012-10-08〕

〔4〕豆瓣〔EB/OL〕.http://movie.douban.com/review/1071886/〔登陸時間：2012-10-08〕

〔5〕程季華.中國電影發展史：第 2 卷〔M〕.北京：中國電影出版社，1963.

〔6〕朱琳.從《瘋狂的石頭》看中國的方言電影〔J〕.（吉林）考試週刊，2008（23）：215.

〔7〕程青松，黃鷗.我的攝影機不撒謊：六十年代中國電影導演檔案〔M〕.北京：中國友誼出版公司，2002.

2006：Luxury Car— The Local Story Covers the Whole Country

Read Guide：Films of the sixth generation Chinese directors, like *Luxury Car*, are concerned with marginalized people, especially weak group, which revive the tradition to pay much attention to ordinary people and show directly the original ecological characteristics of contemporary culture. They bring much dialects in the film to show regionalism and local culture. These visual archive are valuable heritage and enrich the cultural diversity of China.

Keywords： marginalized; weak group; ordinary people; regionalism; dialect; I say then I am;

圖片說明：在中國大陸市場上公開銷售的《江城夏日》DVD 碟片。

# 2007 年：《太陽照常升起》
## ——歷史射進現實

圖片說明：在中國大陸市場上公開銷售的《太陽照常升起》DVD 碟片之封面、封底（之一）。

內容指要：

　　無論是主題、人物、情節還是電影語言，導演都以一種刻意為之的創新性方式予以表現。敘事不是目的，故事只是搭載平臺，其中所有的元素只是為導演的情感傾訴

和對歷史與現實的主觀感受提供方便。這就是一般觀眾感覺到的「亂」。《太陽照常升起》是一個政治寓言，表現的是被遮蔽的情慾世界和開放的語言狂歡王國。導演隨意進出影片，打通和混淆歷史與當下的時空並形成自我陶醉的對接。與其說是講故事，不如說是演繹故事。姜文是有思想的，但他知道他的思想不允許明晰有力地表達，於是他只好把思想變成了辦法——這是大部分觀眾看不懂影片、覺得「亂」的根本原因。

關鍵詞：姜文；敘事主體；寓言；荒誕；情慾；語言；快感；

圖片說明：在中國大陸市場上公開銷售的《太陽照常升起》DVD 碟片之封面、封底（之二）。

**專業鏈接 1：**《太陽照常升起》（故事片，彩色），2007 年 9 月出品；英文片名：The Sun Also Rises，DVD，片長 111 分鐘，改編自葉彌 2002 年發表的小說《天鵝絨》。本片在中國大陸公映時有所刪節。

>>> **編劇：**述平、姜文、過士行；**導演：**姜文；**攝影指導：**趙非、李屏賓、楊濤；**美術指導：**曹久平、張建群；**剪輯：**張一凡、姜文、曹偉傑、陸俠、陳建江；**第一副導演：**吳昔果；

>>> **主演：**姜文（飾下放幹部老唐）、周韻（飾瘋媽）、房祖名（飾瘋媽的兒子）、陳沖（飾林大夫）、孔維（飾老唐妻子）、黃秋生（飾小梁）。〔註 1〕

〔註 1〕**片頭字幕：**英皇電影（國際）有限公司、北京太合影視投資有限公司、北京不亦樂乎影業有限公司出品。

**片尾字幕：**姜文作品。出品人：楊受成、王偉、姜文。姜文、陳沖、黃秋生、房祖名、周韻、孔維、崔健。製片人：利雅博、姜文；執行製片人：錢實穆、尹紅波、俞容；改自：葉彌小說《天鵝絨》；編劇：述平、姜文、過士行；作曲：久石讓；美術指導：曹久平、張建群；攝影指導：趙非、李屏賓、楊濤；

**專業鏈接 2：影片獲獎情況：**

　　　　2008 年亞洲電影大獎之最佳美術設計獎（曹久平、張建群）、最佳女配角獎（陳沖）；2008 年（中國大陸）長春電影節最佳攝影獎（趙非、李屏賓）[1]。

---

導演：姜文；演員：媽……周韻，兒子……：房祖名，唐美……李馨慶，老師……張建群，同學……小強、湯一虎，老王……陳偉，老李……喜子、小梁……黃秋生、林大夫……陳沖，老唐……姜文，老吳……吳昔果，黑美……李貴平，白美……蘇麗卡，阿蕾……潘蕾，小陳……陳磊，唐妻……孔維，阿姨……許普樂、張維佳、肖琳、郭欣、肖晶嬌；外國演員：獵兔狗……洛桑農布、陳正輝、單學軍、魯平、何煥昌、李平，葉卡捷琳娜‧亞力山德洛夫娜……瑪利亞‧費德洛夫娜‧皮尼亞日娜，朋友……伊再提‧伊利亞斯、瑪依努爾‧巴拉提、阿斯哈爾‧買買提、葉爾江‧馬合甫什、買買提‧依明阿不都熱依木、阿克拜爾‧阿不力孜、阿迪力，翻譯：哈啦碩；特別出演：崔健、馬虎。導演：姜文；第一副導演：吳昔果……（以上字幕有節略，錄入：鍾端梧）

專業鏈接 3：影片鏡頭統計：

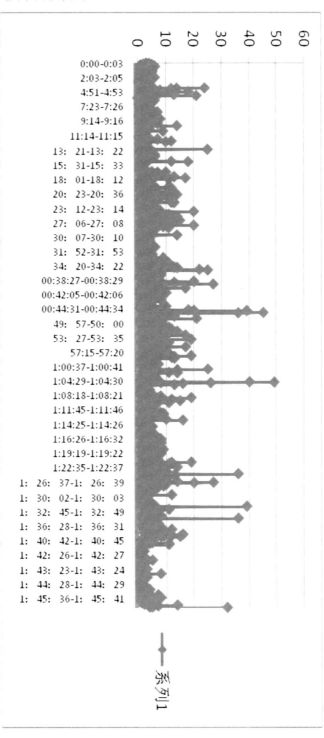

說明：全片時長111分鐘，共計1774個鏡頭。其中，小於等於5秒的鏡頭1485個（其中，1秒的鏡頭504個），大於5秒、小於等於10秒的175個，大於10秒、小於等於15秒的鏡頭60個，大於15秒、小於等於20秒的鏡頭22個，大於20秒、小於等於25秒的鏡頭7個，大於25秒、小於等於30秒的鏡頭3個；30秒以上的鏡頭8個；片尾字幕時長3分21秒。

（數據統計與圖表製作：李梟雄）

圖片說明：此圖與下圖均是專為雜誌發表版配置的，只是因為雜誌限於體例未能採用。

## 專業鏈接4：影片經典臺詞

「阿廖沙！別害怕！火車在上面停下啦！天一亮他就笑啦！」——「媽，你怎麼上樹啦？」

「死了的人能說話嗎？」——「你沒看見我手裏面一直拿塊石頭嗎？」

「你媽在唱什麼？」——「好像是在說，不是在唱」——「恰恰相反，說的比唱的好聽」。

「他什麼模樣？」——「你的模樣，減去我的模樣，就是他的模樣」——「那他到底長什麼模樣啊？」

「不怕記不住，就怕忘不了！」

「林大夫永遠是濕乎乎的」。

「不是我囉嗦，白求恩大夫可就是這樣死的耶！」

「對不起，沒有能救成你。不過，你不用害怕，不管發生了什麼事情，我都會跟你共同承擔的。

「如果他們真的這樣問就好了……如果他們真的這樣問就好了！我就一把抱住你，告訴他們我愛他，我就是要你摸我，我是你的人！我真的可以是你的人！可惜，他們怎麼就不問最關鍵那句話。老吳真是個大笨蛋！對不起，我沒能幫上你。不過，我想幫你，你放心。我一定會讓他們相信，你摸的就是我。我不能讓他們把你抓走。那天，你一碰到我，我就聞到你，什麼手軟之類的話，都是我騙他們的，我是把你給聞出來的。你每次到醫務室，我都馬上聞到你。你離我十米遠，我就開始臉紅；你離我兩米遠，我就心跳加速。那天我給你包紮手指，你知道有多難嗎？你離我太近了！一聞到你，我就隨時可能昏倒。就好像一下子，得了各種病，可是不難受。那天你又跑到我的背後，你又離我那麼近，你的手一摸到我，我就不行了，我就想一下子栽倒你的懷裏……」──「林大夫，你今天可能三十六了，也可能四十六了。對不起，我不是想講這些。你說的話，我聽起來，像是個十六歲女孩的感覺」──「梁老師，我必須告訴你，感情不是計算出來的。你未免太冷靜了。再見！」

「我曉得你是不放心我，我太突然了。你緊張，你害羞，你不好意思。我聽到那門砰一聲，我心都要碎了。我怎麼能夠撇下你一個人呢？我怎麼能讓你再受傷害呢。可是，我一聞到你，我就說不出來的激動。不行，我覺得我要休克，你讓我走吧，你讓我走吧！我胸好悶，我都喘不過氣來了！我一休克，我就跟死了一樣。我要是死在這了，我給你添太大的麻煩了。我不想走，可是我必須得走。我會再來，會再來！」

「無論如何，一隻手是不可能同時摸五個人的屁股。那說明什麼呢？」

「我愛五指山……」

「有意思，沒去過外地卻生在外地」

「那你見過火車嗎？」──「應該見過，可我不記得」。

「你這個小子！弋不射宿，釣而不綱」──「不懂」──「不明白？孵小鳥的不能打，搞對象的野雞也不能打」──「不能乘人之危？」──「對啦！」

「你唐叔說，我的肚子像天鵝絨」──「你就叫我阿廖沙吧！」

「我不是在找藉口，你現在就可以打死我。可是我就是不知道什麼是天鵝絨」──「好，我可以告訴你，那就是他媽的一塊布！」──「布？

怎麼會是一塊布呢？」——「不明白是吧？好，我找來給你看。但是你記著，看見天鵝絨那天，就是你死的那天！」

「你的肚子，像天鵝絨」。

我是你的人！

專業鏈接 5：影片觀賞指數（個人推薦）：★★★★☆☆

## 甲、前面的話

2007 年，姜文拍了一部中國電影史上從內容到形式都很獨特的影片《太陽照常升起》。而影片獲准公映後，「看不懂」和「很好看」，截然不同的反響也是值得注意的地方。作為導演，姜文先是在 1994 年完成了《陽光燦爛的日子》，一年後獲准公映[2]；2000 年拍攝了《鬼子來了》，迄今仍被中國大陸禁止公映。實際上，僅僅這兩部影片，就已經確立了姜文導演在中國電影史上的地位。

《陽光燦爛的日子》出品後，正趕上中國大陸 1990 年代 VCD 時代的到來，全民看電影的熱潮從影院轉入家庭，製片方未必能從中獲得多大的經濟回報；它的貢獻之一，就是讓人數眾多的觀眾群體，從影片中正面接觸到了當局不允許涉及的「文革」題材，結果既滿足了民眾特殊角度的心理需求，也打破了一般人，尤其是沒有經過那個時代的年輕人對「文革」機械的、「教科書」式的認知，那就是某個特定年齡的群體對以往時代感覺陽光充沛的一面〔註2〕。

〔註2〕不能否認，許多人對「文革」不乏陽光燦爛的記憶，尤其是那些少不更事的青少年，因為那是他們人生當中最美好的時期。就我個人而言，我的理想追求包括性心理模式的生成建立，都是那個年代奠定的基礎。《陽光燦爛的日子》根據王朔（1958～）的小說《動物兇猛》改編而來，姜文 1963 年生人，與我同齡，現如今都是 50 上下的中年人。對兒時的記憶，的確有陽光燦爛的一面——當然也不乏字面、語義上的另類讀解。

圖片說明：這是專為雜誌發表版配置的第三幅影片截圖，但文章發表時未被採用。

　　《鬼子來了》雖然不能公映，但它的出現恰好又與中國大陸 DVD 技術的快速到來和高速普及相吻合，因此在民間的廣泛的傳播、進而產生巨大影響的進程並沒有受到阻礙。相信許多看過 1949 年後中國大陸出品的有關抗日題材影片的中國人都願意承認，這是 1937 年抗戰全面爆發以來，中國人拍攝的反映中日戰爭最好的一部電影。姜文及其影片達到的歷史高度，既是一座史無前例的高峰，也是幾十年後編導要設法企及但難以一時突破的瓶頸。反映中日民族矛盾尤其是戰爭期間民族關係的電影，相信臺灣的努力收效會更快、更大，而香港的視角和根基，多少會有狹窄逼仄之虞。這是因為，中國大陸和臺灣的民族歷史聯繫不僅更為緊密，相同的歷史意識和民族情緒，也更容易讓編導和觀眾共同建構訴求相似的心理平臺。

　　因此，姜文的第三部作品《太陽照常升起》能夠引起人們更多的注意是非常自然的。作為演員和導演的姜文，此前曾參與了陸川導演的《尋槍》（2002）、徐靜蕾導演的《綠茶》（2003）和《陌生女人的來信》（2005）、侯詠導演的《茉莉花開》（2004），以及與陳逸飛合作了一半的《理髮師》（2006），不論他介入程度如何，畢竟不是自己名下的作品。從另一方面說，此時距《鬼子來了》問世已經幾年過去，《陽光燦爛的日子》也是十幾年前的作品了。

　　所以，姜文的新片《太陽照常升起》完成以後，人們對他的期望也高，可以說矚目已久，都想看一看姜文的另一部偉大作品。他自己倒很淡然，自稱只是「電影的翻譯官」，一直把自己當成非專業導演[3] P38。這種低姿態和低角度，其實是人們尤其是藝術家，對待藝術或電影能夠保證鮮活心態的良好前提〔註3〕。

圖片說明：這是專為雜誌發表版配置的第四幅影片截圖。

　　在信息碎片化和定向管制的泛傳播時代，《太陽照常升起》首先能夠引起中國大陸觀眾最大興趣的一點，恐怕就是這部影片和李安的《色·戒》一起去參加當年（2007年）的威尼斯國際電影節（第64屆），以及能否獲獎本身。從1980年代中國大陸電影被歐洲電影界接納認同的時候，我個人始終對這類國際電影節沒有興趣，但不反對很多人感興趣。因此這兩個片子我一直沒看，而且也不看所有與之相關的評論，尤其是內容簡介。因為在電影上映或者個人讀解影片文本之前，劇透或只憑文字獲取內容是不道德和不可取的讀解方式。至於製片方的公關宣傳，更不值得特別關注。

---

〔註3〕這就是為什麼人們都覺得談戀愛時期要比婚姻時代感覺更為美好的原因。但這僅僅是指向愛情而言，婚姻和家庭是另外一個世界、另外一層含義。

待大多數人的熱情過去半年之後我開始看《太陽照常升起》，但半個小時後我就看不下去了。雖然偉大的作品大都是深入淺出、平易近人的，但是從另外一個角度，尤其是進入現代和後現代的電影時代之時，人們也知道，好的作品不能靠初步的、短時間的印象來進行評判。常識告訴我，好的作品需要有一定的耐心，在一定程度上，是不能輕易被人立刻理解接受的，這與個人的資質和閱讀體驗有關，當年我看費里尼的作品就是如此。《八部半》拿到手裏放了一年，前後看了三次，每次不超過十分鐘就停下了，看不下去了。第四次，我終於看下去了，結果不僅看懂了，而且被深深地震撼，由此很是敬佩費里尼的電影和敘事風格。就我所知，姜文也非常欣賞這位意大利導演的作品[3] P39。

因此，如果你要是能理解和知道西方電影的大致的路數，哪怕只看過一部，譬如說費里尼的《八部半》，你就能夠理解和欣賞姜文的《太陽照常升起》，因為二者之間存在著優秀導演共通的地方。就是說他拍這個電影並不像一般導演只拍表象，或者說只讓你看到鏡頭裏的東西。好的電影不是給你展示什麼，而是告訴你他找到的一個點，讓你發現更多的、更好的點，進而發掘、激發你自己的藝術和審美體驗。

其實所有的名著或經典都有這個特點，它可能只給你展示了「一」，但是你能從中得到「九」，而且，這些東西當中的有些只有你自己可以體味至深，有些雖然可以與人分享，但畢竟會有所不同。就《太陽照常升起》而言，它提供給觀眾的是一個角度和平臺，能夠讓你從中發掘的更多屬於你自己的體會，譬如激發你自己對這個世界、對生命、對特定的主題譬如說愛情這類東西的體驗和感悟。當然，我自己的看法除了回饋自己，也可以成為別人批

判的標本和理由〔註4〕。而這看不懂，與其說是《太陽照常升起》的特徵，不如說，正是導演的匠心獨運之處，也就是影片不同凡響、值得深入讀解之處。

你懂吗？

## 乙、《太陽照常升起》：敘事客體與敘事主體的交錯鑲嵌

之所以很多人第一次看不明白這個片子，首要的原因，是影片的敘事客體，也就是導演刻意安排、帶有創新性的敘事模式，我把它稱為刻意打亂編輯的意識流。也就是說當你反覆看或你完整地看完這個電影之後，你就會明白其實電影所要表達的意思是非常流暢的。作為導演，他要給你講的故事一定是要把故事講清楚的，只不過，他在講述的過程和講述方式上，他自己也成為敘事主體的一部分隨時加入進來，並且刻意影響和引導你按照他的思路和情感體驗共同完成敘事客體的建構。

這就像導演本身就是主演這個客觀事實一樣，他講故事的時候，經常有意混淆主觀感受和客觀呈現，他在影片中出出進進，講到高興和激動處手舞足蹈，看到你的困惑他又時不時抽身離開，站在一旁咧著嘴笑，你真不明白了他又趕緊回來從另一個角度解釋旁白。通俗地說，導演自己對敘事客體和敘事主體分得很清楚，只是成心把慣常的敘事模式打亂，譬如把故事的開始放到最後，然後從中間掐進去讓你看，結果看得你一頭霧水，而這正是導演處心積慮要達到的一個效果。用書面語來說就是，這個影片是「敘事實驗、意象拼貼與破碎的個人化寓言」〔4〕。

〔註 4〕看不懂和不喜歡不要緊，這也是一種讀解結果，況且承認看不懂也是一種不低的水平體現，需要相當的勇氣。人來到世界上，有很多東西不是讓你現在就弄明白的，恰恰是許多好的東西不需要你馬上就明白，因為你可能某些條件不具備，或者說時候未到，時機還不成熟。

這是姜文成心的，但並不是成心為難你，而恰恰是誠心誠意地想給你講好這個故事，讓你有一種震撼。一般觀眾更熟悉電影的線性描述，譬如說從前怎麼怎麼樣，然後慢慢激發和提取你的判斷能力和審美能力，高潮之後，你的體悟也許會和導演的意圖合拍。《太陽照常升起》不是這樣，影片上來劈頭蓋臉一拳把你打暈在這兒，然後不按你的理解順序而按導演的情感順序給你講故事。

實際上很多人看到影片最後想起來了，原來故事的切入角度在這裡邊，然後再倒回去一想，所有的環節就能夠大致連上。譬如影片由四個故事構成，第一個「瘋」的故事，第二個「戀」的故事，第三個「槍」的故事，第四個「夢」的故事，前三個故事的時間，導演都用字幕標明是 1976 年，唯獨最後一個告訴你是 1958 年的背景。因此四個故事只要按順序倒騰一下，無論從時間上、空間上，還是人物順序上就全部理順了。

問題是觀眾會問，導演憑什麼要這樣講故事？

依我看來，姜文這麼做，第一是指向自身，也就是首先要打破自己以往的創作模式，這適用於成熟的導演和藝術家。如果姜文是一個剛出道的導演他絕對不會這麼幹，為什麼？他玩不起，他一定會老老實實先把故事講清楚了，等有能力了再去做，否則就玩兒砸了，所謂「藝高人膽大」，就是這個道理。

世上拉小提琴的藝術家很多，但 1990 年代在中國大陸走紅的陳美（1978 ～），為什麼敢上得臺來以舞蹈動作拉小提琴？況且衣著暴露、颱風火辣？為什麼她敢做而其他人不敢或不去幹？原因有很多，但藝術功力無疑是其中一個，它決定藝術家自身的境界，或者說，出境界的前提是真工夫，也就是超常的藝術表現能力。

對於已經用《陽光燦爛的日子》和《鬼子來了》確立了電影里程碑的導演來說，你不可能指望姜文還沿襲以前的創作方式或電影語言〔註5〕。導演的第二個目的是指向觀眾，他要打破觀眾的一種慣性審美思維模式。依我看他是覺得電影到了現代，這個模式應該改一下，至少對他個人的作品應該換一種眼光、腦筋、思維和方式去看這個電影。但我必須強調，無論是指向自身還是指向觀眾，姜文都充滿尊重，我相信這一點他都做到了。

报告队长，一切缴获要归公

因此，一般觀眾看不明白影片的第二個原因，就是影片敘事客體與敘事主體的交錯鑲嵌所致，其次才是影片的時代背景和導演的敘事意圖。許多人即使看完了回過頭再一想，還是覺得有很多地方有太多的空白，無法連接生

----

〔註 5〕一般來說，成熟的藝術家往往不滿足於自己既定的風格，常常需要自我創新，這是一種自然而然的要求，是發自內心的。用姜文的意思來說是現在的觀眾非常聰明，不能低估他們[12]P23。姜文是這麼說的，也是這麼做的，效果怎麼樣呢？我認為基本上達到了，譬如他影片中設的那些「點」我把它們都連起來了，而且有了更深入的開掘，所以但有貢獻，基礎之功都是姜文完成的。

成可讀取信息的顯性符碼。也就是說，點與點的畫面語言至少或可能是看清楚了、看懂了，但大體上、邏輯上還是有些懵懂。

譬如四個故事，第一個講瘋子的故事（約 35 分鐘），真瘋假瘋的，大致是明白了，第二個講男女戀情的故事（約 31 分鐘），關係不正常大家也清楚了，第三個打獵的故事再加偷情（約 25 分鐘），彆扭不彆扭不要緊，反正是好看，第四講一個夢的故事（約 19 分鐘），好吧，多少也明白——但放在一起是神馬意思？四個故事這樣的編排用意何在？還有那些人物，以及這些人物南腔北調的口音和主體（演員）背景。不明白的主要原因之一就是，影片把太多的敘事點放在一起了。

他一直写到跟我生了一个儿子

圖片說明：這是專為雜誌發表版配置的第五幅影片截圖。

《太陽照常升起》中有著導演太多的傾訴欲望，他有太多的話要說，他要講的事情，或者所編撰的故事，所涉及的人物，進而，所表現的意象，歷史氣息太濃重，時代氛圍太濃鬱，個人感覺太醇厚，承載的信息太密集，讀解的角度太有難度，就像酒一樣。只不過這個酒的黏稠度實在是太高，就像一罐原漿酒，酒精濃度達到 99.99%，恨不得百分百。不是酒精，酒精是給醫生幹活用的，而導演是準備來和觀眾一醉方休的。這就是矛盾的根源所在。

一般人們喝的酒都是要兌水的，要把酒精度數調下來，60 度以上就是烈性酒，11 度的啤酒喝的人多一些，至於軟飲料那就男女老少誰都可以來上一杯，應酬場面或附庸風雅都成。但這原漿酒不是一般人應付得了的，而敢拿出待客的主兒，至少是敢釀也敢豪飲的傢伙，姜文就是如此。人到中年，酒未必喝得動多少，但姜文長大成人的年代（1960 年代初期），實在是有太多的歷史和社會時空交錯的奇妙重疊，實在是有太多的事情、太多的感受和太多的傾訴欲望，如果，這一切成為可能的話。

問題是，姜文做成了。

一眼望去，這個電影當中有歷史，具體地說，政治領域的外交後遺症，也就是中蘇兩黨、兩國錯綜複雜的歷史和文化糾葛，還有「文革」，以及「下放」——現在三十歲以下的人還有幾個能知道這個？有暴力，除了打獵還有殺人；有性，有美好的愛情，不美好的偷情，還有亂倫——你看到的只是二十多歲的大男孩和一個四十多歲中年女人的亂倫，你有沒有看到另外一層亂倫，母子間的情感亂倫？

除了對歷史的、集體記憶式的指陳，更有個人化的歷史感受和藝術化的描述，更不用說這些指陳被導演心思縝密手法靈巧地拖曳、黏貼、拼接在當下語境中。因此，如果說影片剛開始是將過去涉及到的不同的領域打通在一起的話，那麼後來，影片又將歷史意識和當下情景串聯，結果是將過去的時間和現在的時間打通，將過去的歷史和現今的敘述融合在一起，最終形成的是時空的扭曲合成。

圖片說明：這是專為雜誌發表版配置的第六幅影片截圖。

　　舉一個例子，導演要傾訴的還有語言層面的東西，這裡單指的影片抽取每個歷史時期有代表性的語言／話語，然後從當下的角度再給予復原。弔詭的是，復原之後原來的語言／話語，不僅僅攜帶著原有的歷史意味和基因，更有當下的意指和複雜的情感灌注，譬如「阿廖沙」及其意象。

　　很多人根本就不知道什麼叫「阿廖沙」，所以不能體會這是姓名對一個國家、民族乃至個人的意義以及直接的聯繫。

　　你不明白是因為你不知道，但歷史知道，導演知道，還有許多活人和死人知道。這個歷史性的東西放在當下這個角度，重新拿出來讓女主人公站在蒸汽機車上狂喊：「阿廖沙！別害怕！火車在上面停下啦！他一笑天就亮啦！」這時候你會發現這個語言的韻味既陌生又熟悉，既荒誕又真實。形成這種感受的原因源於前述的時空扭曲，或者說，荒誕與真實與之互為因果。

你爸这个人一言难尽

　　所謂荒誕指的是影片當中虛的部分，你可以說從一開始那個女人就瘋了，還有人說她是看到丈夫遺物的時候才瘋的。無論是哪樣，現在看上去都不無荒誕，但是這一點對影片的敘述而言又是真實的，起碼在影片的表現上是如此。原因還是《太陽照常升起》有太多想要傾訴的東西，結果被導演將它們生硬地壓結在一起，造成了時間和空間，歷史和現實虛和實的交錯、扭曲、復合。

　　這就好比你和男朋友吵架離家出走時你要拿衣服，什麼內衣外衣乳罩高跟鞋全都塞在一個皮箱裏面，壓得特別滿，所有的東西其實是不應該放在一塊，高跟鞋怎麼和乳罩放在一起呢？但情急之下你可能顧不上許多，待你回頭再打開的時候你看箱子裏有這麼多東西，自己也難免目瞪口呆萬千感受齊

上心頭。譬如上述例子中，看上去演員是站在火車上對著荒原、天空呼喊，孰不知她是代表導演喊給歷史，還有生者和死者聽的。

圖片說明：這是專為雜誌發表版配置的第七幅影片截圖。

　　這種表現形式是導演的創新所致，影片給你提到和展示了 1949～1976 年中國大陸社會和歷史，但當他將其復原出來的時候、放進影片中表現出來你再看到的時候，那就不僅是以往時代的事情，而是帶有了當下的意味。這是導演非常出新的地方，打破成規，做到一般人做不到的地步。能做到這一點是因為，導演對這一段歷史有他個人的意見和感受。這時，經歷不是最重要的，重要的是他的表述內容。所以他可以不關心具體的真實。

　　說到底，歷史的客觀真實只有一個，而主觀真實有千萬個──因人而異。實際上，這就是影片要達到的目的。所以，無論客觀上的觀賞怎樣地「亂」，即使你理解錯了，無法對接人物與情節、甚至無法還原歷史與真實，這都不打緊。要緊的是，導演孜孜以求刻意為之的，是他要把自己主觀中的真實與客觀中的荒誕，也就是敘事客體和敘事主體交錯鑲嵌起來觀賞，寓「言」於樂。因此，跟著影片或曰導演的感覺走，影片主旨或許可以從以下幾個層面交錯展開論證。

"你的光荣历史"

## 丙、《太陽照常升起》中的政治寓言和喜劇呈現

政治寓言是影片的核心，是導演的敘事元點，所有的內涵和外延都不可以脫離它，所有的語言，無論人物語言還是電影語言都活躍著它的原始基因。整個影片可以把它看成一個 1949 年以後中國大陸的歷史縮影。由於使用的是寓言體例，因此導演沒有必要進行實景敘述，也就是不按常規套路講故事。所以影片一開始出來的是一個瘋子的世界，無論是當媽的還是當兒子的都不正常。

或者說，以一個女傻子和一個男傻子為敘事核心向外輻射，其他人物對他們的不正常習以為常，因為他們自己本身也都有點兒二。其次才是輪到觀眾傻看或者說看傻了，不知道他們為什麼不正常，尤其不明白瘋媽瞎跑、上樹跳河是因為了什麼〔註6〕。因此，導演把瘋媽的故事放置於第一個位置，就是首先要確定影片作為寓言故事的基調。一般來說，寓言故事的時間性／時代背景大都比較模糊。但這個故事一開始就用字幕告訴觀眾，時間是「一九七六年‧春」，這是對觀眾的提醒，我講的事情是真的哈——這是導演的敘事技巧，是為全片的虛實相間所做的鋪墊。

---

〔註 6〕如果說《太陽照常升起》有缺點的話，那就是周韻扮演的瘋媽，這個人物總體上不能稱為完美。這與客觀原因有關，與主觀努力無干。可取的一點是她滿足了姜文對「腳色」的審美追求。其實這是導演戀物癖的表現，它至少包括戀足和戀鞋兩個範疇。任何人格心理發育健全的人都會有戀物癖，區別只在於明顯與否和自覺與否，總之不是心理缺陷。我排斥前者，但又不喜歡後者繡花鞋的類型。導演有權決定表現範圍，觀眾也有權做出選擇。僅此而已。

對瘋子來說這都是正常反應，因此如果你一開始就認同她看世界的角度的話，那你就不正常，要瘋了。這個人物形象以及背後有著太多的時代內涵和政治寓意需要去挖掘整理。你可能一開始不知道，但你到最後終於明白，你明白孩子的爹死了，女人的男人死了，怎麼死的？不告訴你，知道就知道了，雖然也不會知道太多。問題是這個男人死了以後女人是怎麼過的？你知道的，也只是聽瘋女人說的。然後，在她的敘述當中，又出現了另一個男人。

當兒子的對這個男人口口聲聲叫著李叔，叫得比他爸還親，請問李叔和這個女人之間有什麼關係嗎？肯定有，但語焉不詳。觀眾只能模糊判斷：第一、女人見到她丈夫的遺物後就瘋了，第二、她生完孩子以後瘋了，第三、她和李叔和自己丈夫之間的關係比較複雜，裏面可能有美好的愛情以及更多故事。相對清晰的結論是：孩子生出來之前爹就死了，然後瘋女人的世界當中又出現了另外一個男人。

但也就僅此而已，剩下的只能靠觀眾自己依據時代背景拼接，雖然未必就是事實本身，卻是影片充滿魅力的一個地方。

依我看，瘋女人這個形象，第一，說的是犧牲者和幸存者之間的故事，是生者與死者持續溝通的寓言故事，講的是犧牲者和為之奮鬥的世界的現實景象，屬於（1949 年以後的）共和國歷史範疇；第二，瘋媽和兒子之間的不無喜感的場景，則上升至意識形態層面，象徵黨國和民眾之間的關係。

這太好玩了，凡是成年人一看就懂。譬如瘋媽瘋起來的時候，往往毫無徵兆毫無理由，做兒子的只能聽喝，你上樹就上樹，你挖坑就挖坑，你想幹嘛就幹嘛——因為那是你媽，哦不，你是我媽。

圖片說明:這是專為雜誌發表版配置的第八幅影片截圖。

待瘋媽突然正常了,說:「(我)每天都打你好幾個耳光?」兒子說,「也不是每天」;瘋媽又說:「算起來也打了你上千個耳光吧?」兒:「也沒有那麼多」。

上世紀五、六十年代的人,都會記得這樣一首官製民歌:「唱支山歌給黨聽,我把黨來比母親」。先不說這裡的邏輯,僅從這個推理來說,結論當然是對的,那就是從傳統的倫理上來說,當媽打了兒子,尤其是當媽的還是處於非正常狀態時,兒子你有什麼可抱怨的?所以兒子才一臉幸福地回應:

「你要願意打就打嘛。真的沒事,媽!」

因此,對於導演那一代人來說,他們非常明白這句話,只不過當下的表達不無解構和顛覆意味,結果是喜感頓生。譬如瘋媽的挖坑燒火,依我看就是對1958年中國大陸全民「大煉鋼鐵」運動的喜劇概括;瘋媽還可以施展魔法,能以鋤為槳,把草墩當船劃,還能飄來飄去玩兒隱身術,這等於說她上天入地無所不能「人定勝天」。就此而言,瘋媽不瘋,因為人物、事件、歷史沒有一點虛的地方。

再譬如生產隊長這個角色,這個人物的象徵意義大於等於歷史真實,象徵性是被強調的一點。隊長對下放幹部老唐說,「你是當老師的,村裏有幾個不上學的小孩,你得管管……沒事兒就帶他們打獵,隊上給你記工分」。而與

老唐妻子偷情的，恰恰就是這個大男孩隊長。人民公社化時代，這種一手遮天的鄉野之人掌控著包括下放幹部在內的普通民眾的命運，是當時的政權意志深入基層社會神經末梢的生動體現。

恰恰相反 说的比唱的好听

圖片說明：這是專為雜誌發表版配置的第九幅影片截圖。

在第二個寫戀愛的那個故事裏，陳沖扮演的林大夫自稱看電影時被人暗中摸了屁股，這本來是上不了檯面的事情，但影片卻一本正經地抻著講這個事兒。其實林大夫當時正和老唐偷情，根本就沒有去看電影，可領導鄭重宣布：「為了不放過一個壞人，也不冤枉一個好人，經研究，我們同意你的要求（找出幹這事兒的人）」，然後讓林大夫輕衣薄裙站在一塊白布後，重新演繹被摸屁股的場景，林大夫則根據手感，認真判別到底是哪一隻手摸的。

這是影片的一個高潮，更是林大夫，以及審查者和一干「嫌疑犯」們思想和肉體上的雙重高潮。審查的結果，雖然排除了廚師小梁，卻找出了其他五個摸屁股犯和五個真正被摸了屁股的人。很下作的事情但弄得特別正經去表現，你以為電影是在給你講笑話嗎？

導演的真正意圖是講述的快感本身，就像林大夫無中生有的編排，目的當然不是找出壞人而是為了掩飾自己的姦情，結果卻是皆大歡喜，倒楣的是那五對悲情男女。這種意圖和表現源於那個時代的荒誕，或曰是那個荒誕時

代的真實寫照，因為歷史真實本身比這個還可笑。譬如「文革」時期，中央政治局專門開會討論寫進黨章的政權繼承人的老婆結婚時是否是處女的問題[5]，1971 年以後的中國大陸民眾對這個故事耳熟能詳。

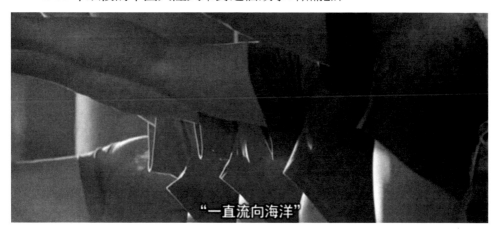

圖片說明：這是結集成書初版時被強力刪除的第一幅截圖。

　　在這場一本正經但性高潮不斷的鬧劇裏，有兩個反覆提及的數字需要注意，那就是「一」和「五」。姜文扮演的老唐在熱心地替小梁分析案情時說：

　　　　「如果說有人喊抓流氓，你立刻去追，可追著追著，你就變成
　　了第一個，而後面的人就把你當成了流氓。……無論如何，一隻手
　　是不可能同時摸五個人的屁股。那說明什麼呢？肯定還有四到五個
　　人還要被揪出來」

　　——至於小梁說的 42 個手電筒，這個數據是喜感的延伸發揮，不能當真——所以審查者才引吭高歌：「我愛五指山……」。

　　相信經歷過「文革」的人看到這一節，大都會有恍然大悟的感覺。所謂「四」，那就是「四人幫」，可這是中國大陸自己的說法，所以當時的人們講這個詞的時候，一般都會伸出五個指頭來暗示什麼。1980年，意大利記者曾就這個問題採訪過中國大陸的最高權力執掌者[6]。所以看上去，影片是在講抓流氓摸屁股的事情，實際上講的是那個時代政治拐點的故事，更不用說，老唐「幫助」小梁的動機和語氣無不是來自於那個年代的意識形態話語體系和運用模式——老唐是想用小梁的認罪混淆視聽，掩蓋他和林大夫之間的私密關係。

　　再譬如唐嬸來看望被「下放」的丈夫老唐一節。所謂「下放」，就是「文革」期間中國大陸最高當局專門針對城市知識分子的一種政治整肅運動，所有的知識分子不論大小和聲望高低，都被有計劃地整體性地撞到鄉村進行高強度地體力勞動，是一種正規化的肉體懲罰、由國家負責實施的精神羞辱。唐叔和唐嬸的故事其實是影射這段歷史，結果唐嬸被生產隊長即瘋媽的兒子給「偷」了。

　　如果影片把隊長塑造成一個滿臉鬍荏凶蠻無比無恥下作的政治小官僚的話，那電影就拍不成了，而且也沒意思了。這源自導演的一個理念，姜文認為觀眾本身過得就很糟心，再看糟心的事情，這電影就沒法兒看了，所以要和觀眾形成一種有審美品味的「調情」關係[3] P40。生產隊長與下放教師妻子偷情的故事源自作家葉彌的短篇小說《天鵝絨》，但整個影片也就是這一段取材於原作小說，其他的，用姜文的話說都是自己的「原創」[7]——導演借助的只是一個角度而已。

圖片說明：這是結集成書初版被刪除的第二幅截圖，也是專為雜誌發表版配置的第十幅截圖。

　　我感興趣的是，老唐因為生產隊長不知道什麼是天鵝絨，所以特意回到北京去找，結果見到了崔健扮演的那個朋友。這個人物的戲份很短，對話也不多，但就是這麼一個片斷，卻極其震撼人心。對於沒有親歷過那段歷史的人來說，當然不會有這種效果。當年我曾經跟著父母一起被下放到「五·七」幹校——知識分子被集中勞動改造的農場，所以對當時那裡人們的精神狀態和外表裝束非常熟悉，至今不無心酸之感。

　　崔健扮演的那個文化人，他的神情，他的裝束，他的口氣，你現在會覺很荒誕也很滑稽，其實這是當時城市知識分子整體的精神面貌和外在體現的一個縮影和代表。譬如他的話語、思維方式和行為，這些都能對得上號。他的衣著打扮，相對整潔中不無頹廢，而這種頹廢是自成一體的，和世俗的頹廢和市井階層不一樣，是精神擁有者和知識分子階層的頹廢。正因如此，老唐從城裏（北京）帶到鄉村，讓孩子們「武裝」起來的那批口罩才具有一種行為藝術的質感和回望荒誕歷史的喜感〔註7〕。

圖片說明：這是專為雜誌發表版配置的第十一幅影片截圖（字幕中的「站」應為「占」）。

---

〔註7〕那時的知識分子大都穿成他那樣子，即使是鼎鼎有名的張三李四王老五也不例外。1970 年代的人尤其是知識分子沒辦法「內外兼修」，求生存是第一法則。1970 年代末期改革開放剛剛開始時，中國大陸和海外的學術交流得以小規模恢復，你都不用看本人，只要看當時他們的照片，就能分辨出哪些是海外學人、哪些是大陸的知識分子。為什麼？整體的精神氣質完全不同，前者自信滿滿，有民國風采，後者大多萎縮、怯懦，眼神當中不無劫難後的驚恐：這實際上是整個一兩代學者的精神烙印。

從這個意義上說，《太陽照常升起》中的每一個故事都可以理解為是一個獨立的寓言故事。而故事中的每一個人物、場景，乃至對白，也都可以視為寓言體例的擴張和表現方式，因為它們涵蓋和體現了**中國大陸幾十年來的政治史、生活史，中國大陸與蘇聯的外交史，以及中國大陸知識分子的精神煉獄史**。只不過，它們所使用的角度和道具，形式和方法，由於眾所周知的原因，有些比較隱晦，有些出於導演天才的創造，有時候看上去讓人不知所云，甚至不知欲意何為。

這個世界從來沒有「從來沒有」的事情，只不過是沒有輪到你頭上或者讓你知道或記住而已。或者說，有人看見了有人沒看見，看見而且明白了自然會發笑，笑的不是那些事件人物，而是那段歷史——包括自己：荒誕但卻真實，遙遠卻又近在眼前。

"红军的钢枪用在手中握"

## 丁、被遮蔽的情慾世界和性狂歡

### 子、母子亂倫？

身邊的這個世界一直客觀存在，只不過往往和思想一樣，常常被人為地遮蔽。《太陽照常升起》是呈現其中一個部分的文本之一，從這個角度說，情慾世界是無限開放的。當初影片送到威尼斯參賽，一個外國評論家就認為影片的主旨除了「暴力」就是「性」[8] P20。這真是明眼人的看法，導演後來自己也對此也不無賓服之意[8] P20。譬如，影片中母子情感層面的亂倫情結。

這一點看上去很吃力，因為嚴格地說，影片更多地表現出兒子的戀母情結。表面上看，母親和兒子之間的關係，是一個患有應激性精神病的母親即瘋媽，與一個被折磨得日漸麻木的兒子的故事，但你仔細琢磨會發現，母子

之間除了施虐與受虐的情感關聯之外，應該有一層不正常的、但只流露於情感範疇的關係。對這個問題，有兩個點可供把握展開。

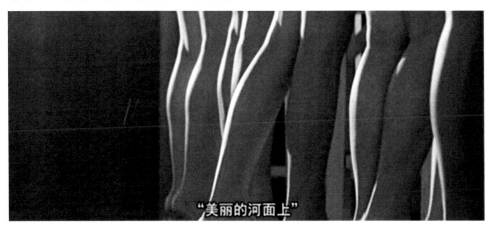

"美丽的河面上"

圖片說明：這是專為雜誌發表版配置的第十二幅影片截圖。

第一點，瘋媽一會兒清醒一會兒糊塗，一會兒打兒子一會兒又說很愛他，兒子只能沒白沒黑無時無刻地跟著忍受虐待，最後瘋媽不知下落。第一個故事中非常隱晦地交代，瘋媽投河自殺了，但這個場景交待了兩次，而且都是用順水漂下來的衣服和鞋子來表現。但衣服和鞋子的順序是不正常的，是導演刻意安排的[7]P36，繡花鞋擺在前面，處於頭部的位置，然後才是上衣和褲子。

這個場景本身就是虛擬，不符合生活真實，看的時候不要較真。之所以擺成這個樣子，依我看是表示女人瘋了以後，她的腦袋也就是意識已經不存在了，只剩下代表性的鞋子了。眾所周知，鞋，是性器官的外化，腳，是性審美中一個重要的組成部分，甚至是性器官的外延。影片對這二者的表現相當豐滿，腳的特寫鏡頭有 10 個，（其中大特寫 3 個），時長 33 秒，鞋的鏡頭14 個，（其中特寫鏡頭 7 個），時長 37 秒。

換言之，這種刻意編排是想說明，母子關係的感情關聯中，性意味要大於情感意義本身。從兒子的角度說，瘋媽只是一個性的代表而已，母子之間的確有不可告人的秘密，何以見得？因為母親整體上處於不清醒和不正常的狀態當中，第一個故事中始終被人當做瘋子看待，同時她自己也認可自己的不正常。

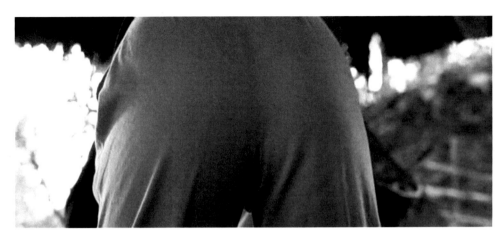

圖片說明：這幅截圖沒有提供給雜誌發表版，但收入了結集成書初版，結果也被強力刪除。我對出版社辯解說她穿著褲子呢。答曰，那也不行，誰都知道這褲子後面是這女人的大屁股。

　　另一方面，丈夫已經死去多年，可她依然認為她的男人還活著，同時，她的生活中其實已經有男人填補了這個空白，其中之一就是李叔，證據之一就是那座秘密石屋。問題是，李叔不在場的時候誰充當和扮演這個角色？可能是兒子，這一點，觀眾只能推測；其中能夠有把握推測的是，那座石屋不是母子倆的幽會場所。對這層關係，可能瘋媽本人也未必清楚，但兒子知道不知道？應該知道，但他選擇了迴避，迴避是手段之一，是選擇替代之人。

圖片說明：這是專為雜誌發表版配置的第十三幅影片截圖。

　　因此，第二點，兒子後來和老唐的妻子，也就是被他稱作阿姨的成年女人有了肉體之歡，完成了真正意義上的母子戀。對兒子來說，他本來有同齡的女性可以相好，譬如那個站在他身邊說自己想演李鐵梅的小女孩，但他最終選擇的，是與熟女唐阿姨偷情。道理很簡單，一個人的性取向，與其兒童—少年時代和異性的親密接觸有著直接的邏輯關聯。兒子喜歡阿姨，情感動力源自戀母情結。

　　這一點與其說是小說中帶來的情節擴展，不如說，是導演個人的性取向的回顧認定及其影像呈現。姜文自己承認，他喜歡那些地中海體型的女性[7]P39，這種女性共同的體態特徵就是肌體豐滿、胸臀發達。譬如他的第一部影片《陽光燦爛的日子》，主人公馬小軍喜歡的女性就是兩腿大肉，肉感與性感疊加。有意思的是，馬小軍的年齡與《太陽照常升起》中的生產隊長，都是處於青春期的大男孩，他們傾心的異性，一個是大姐姐，一個是阿姨輩。這是主人公們的偏愛，更是導演自己的性審美取向及其證明[註8]。

圖片說明：這幅影片截圖在結集成書初版和雜誌發表版都選用了，但都分別被刪除和未採用。

---

[註 8] 姜文的原話是：「我不喜歡骨瘦如柴的女人，好不容易長成一女的，你骨瘦如柴幹嗎？這個不合適。流行骨感和我沒關係，她們那是時裝，那是賣衣服的裁縫的事，你知道嗎？各種裁縫想賣他那衣服，當然他找那骨瘦如柴的來，我又不是裁縫，對不對？再時尚，說白了就是裁縫的事，裁縫要賣衣服，他得讓那個女的不要太奪他的衣服，這個我覺得可以理解，這是對的，他可以這麼做。但是和電影美感沒關係」[8]P17。

　　人是動物。大自然之所以把女人塑造豐滿，首先因為她是母性，而作為妻性和情慾的女性特徵，是依附於第一層面的第二層。因此，表面上看，是青年小隊長即瘋媽的兒子迷戀唐嬸的肉體，唐嬸也需要依附於男性的兒子屬性，實際上，雙方的偷情和性歡愛，是建立在母子戀情的基礎之上的。兩人的結合點也就是性高潮，就是「天鵝絨」——女人強調的是其體感質地，男人迷戀的是其動態感受。

　　《太陽照常升起》用那位朋友指責老唐的話，從另一個角度指出兩人偷情的合理性：

　　　　「一個二十歲的男人和一個四十歲女人，……你把老婆一個人扔在家裏，你自己整天在外邊瘋跑……你說這是不是你的錯？你這不是占著茅坑不拉屎嗎？」

　　因此，影片有意遮蔽的情慾世界裏，隱藏著極有可能的母子亂倫事實。這裡最直接的言語證據，是唐阿姨與瘋媽的兒子在裸身狂歡時的對話：

　　　　「你唐叔說，我的肚子像天鵝絨」——「你就叫我阿廖沙吧！」

### 丑、全民參與的性狂歡

　　這種性狂歡，首先是影片刻意展示的「抓流氓」和「摸屁股」兩個橋段。「文革」時期的電影院具有類似今天地下舞會的功能，因為那個時代人們的生活空間和情感釋放場域極其逼仄，很少有私密性可言〔註9〕。電影院恰恰是一個公開的、允許眾多男女以合乎社會道德規範的理由聚集一堂的封閉空間；

〔註9〕你要是在任何形式的大院裏邊住過，你就會很熟悉這樣的場景，只要你和一個陌生異性相伴而行，所有的人都會盯著你們進來和離開的時間，那個年代過來的人都能明白我說這句話的深層含義。

況且，這個空間裏的光源和亮度有限，上邊放著電影，銀幕之下有無限可能發生。

電影《太陽照常升起》中的放電影這場戲，與其說是接著講故事，倒不如說是當年民眾以看電影為名舉行一場性狂歡的縮影。因為，電影裏放的電影是芭蕾舞劇《紅色娘子軍》，既是毛時代的毛片，也是一兩代人青春期的性啟蒙片。譬如，作家王朔當年把它當色情片看[9]，導演姜文也是[註 10]。我亦如此。所以說，至少是五零後和六零後，是看著《紅色娘子軍》裏那一排排纏著裹腿的健美女性大腿長大成人的。

"美丽的河面上"

圖片說明：這幅影片截圖在結集成書初版時被刪除，原因一望即知。可是，憑什麼？

所有的正常人都是從青春期過來的，從青春期到成年都有一個節點。問題是，是誰幫他們克服困難並跨過它？表面上看這是一個生理問題，實際上隱藏著一個心理情結。生理的成熟一定有一個外力，那就是外在的異性形象的刺激。

1949 年之後，中國大陸藝術作品中的人體的裸露基本上被剪除淨盡，到了「文革」時期更甚，連美術學院的人體寫生課程都要經過最高領袖的親筆批示才行[10]。這種社會背景下的銀幕上，突然出現一批穿短褲露大腿的年輕女性載歌載舞，想讓人們不瘋狂是很難的。被遮蔽的情慾世界就此與全體觀眾建立了無限量開放的關係，進而形成事實上的性狂歡。

[註10] 姜文坦陳：「我為什麼要拍這個時代，因為我迷戀《紅色娘子軍》，……《陽光燦爛的日子》裏面也有『紅色娘子軍』，我想我將來的所有電影裏，只要有電影，我就要有『紅色娘子軍』。小時候《紅色娘子軍》那芭蕾看得我觸目驚心，舞臺上幾條大腿啊，當然腳尖我也看，情懷我也看，革命意志我也看，音樂我也喜歡，那是挺棒的一個芭蕾舞劇，我還看過真人跳的」[14]。

　　因此，一方面，「文革」期間的中國大陸是一個全體普通民眾被集體禁慾的時代，連女人都不能穿花衣服，更不能描眉畫眼地「臭美」〔註 11〕，但另一方面，私下裏卻又難以抑制暗潮湧動春光無限的人類本能。明白了這一點，就會明白公眾為何積極參與「抓流氓」和審查「摸屁股」嫌疑人時的動機與熱情，以及林大夫被審查時性高潮不斷的諸多表現。

　　這是《太陽照常升起》最好看、最核心的地方之一，也是 1980 年代的影星陳沖為 20 世紀中國大陸電影所做的新貢獻、塑造的新女性（熟女）形象。（另一位，是孔維飾演的唐嬸）。

你说怎么办就怎么办吧

圖片說明：這是專為雜誌發表版配置的第十五幅影片截圖。

　　林大夫其實和廚師小梁沒有任何情感關聯，與她有一腿的是老唐〔註12〕。因此，影片中的情慾世界，生產隊長 V.S.瘋媽、瘋媽兒子與唐嬸的母子戀是一層，老唐和林大夫的姐弟戀又是一層。陳沖的表演與其說完美展示了中年女

〔註11〕從本質上講，不讓女人穿花衣服和「臭美」，那就跟殺了她沒有什麼區別。所以，那個喜歡生產隊長的小女孩說她十六了，演過李鐵梅，姜文就說那個就叫李宇春〔14〕。「女人像男人一樣」，不是現今的發現，早已有之。當然現今有個好聽的稱謂叫「中性」，從審美多元角度上說，這個無可厚非，只是，如果讓一個女的打扮成男的一樣還進女廁所我並不覺得好玩兒。應該說，我和姜文，以及許多五零後一樣，兩代人的性取向已經被固定了，不能隨著潮流走了。所以我說我是一個堅定不移的異性戀者，別打算讓我改，來不及了。

〔註12〕一些觀眾對小梁上弔自殺的行為不甚明瞭，因為按照影片的順序來說，小梁終於證明了自己的清白以後，還是選擇了有尊嚴的死亡，這是一種解釋。還有一種解釋，那就是他發現自己喜歡的女人原來不僅還和老唐有染，而且這個女人的熾熱表白其實是為了掩蓋她不可告人的秘戲，於是，選擇離開。這是我的讀解。

性的性饑渴和性高潮，不如說她把導演的情慾意圖演繹得淋漓盡致。譬如老唐吹號就是召喚林大夫交歡的暗號，號聲一響，正和小梁合力擰被單的林大夫當時身體就軟作一團。

　　這場戲前後有兩個鏡頭，第一個，前景是林大夫飽滿的臀部，白大褂下的短褲線條畢現；第二個，隨著小梁的眼光，鏡頭下拉，林大夫兩條大腿之間空若無物。這時候你會恍然大悟，林大夫對老唐的號聲已經形成生理條件反射。緊接著就是林大夫赤腳穿上老唐遞過來的涼鞋，據說這是姜文特意找到的當年的那種高跟涼鞋[8] P25。（此前，姜文曾正確地指出陳沖戴的那個乳罩樣式不對[11]）。腳和鞋再次出現，加上穿著動作和雙方戲言「搞大了」的臺詞，光天化日下的性高潮和性狂歡此起彼伏。

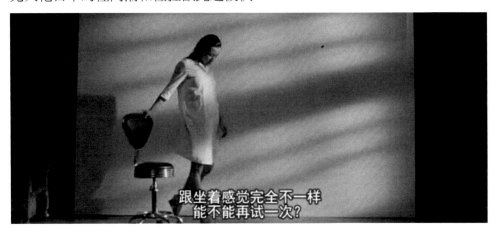

　　影片至少給林大夫的性高潮三次表現，一次是和領導配合審查摸屁股犯的時候，由言語與動作的雙重刺激形成；一次是假裝向小梁表白愛意的時候，這是心理自慰式的、以假亂真的性高潮獨角戲；再一次就是洗被單這場戲，用暗戀小梁的那個姑娘的話說就是：「林大夫永遠是濕乎乎的」。其實是身心合一、境界無限。

　　至於三個人一起擁進林大夫的房間裏號稱去吃飯，當鏡頭停留在晃動的門鎖上時，畫外音是林大夫連續不斷的、不無淫蕩感覺的歡笑聲。這給人的聯想極其豐富，但卻不能當做三人同歡的事實，而應該是林、唐二人偷歡場景的聲音跳接。為什麼？這裡的畫面不能直接給，給了不好看也通不過，但你可以用生產隊長和唐嬸做愛的場景替代；如果形不成替代，那就理解一下群眾抓流氓時，林、唐兩人都是一頭肥皂泡出場的鏡頭就可以了。

圖片說明：這是專為雜誌發表版配置的第十六幅影片截圖。

之所以給陳沖扮演的角色安排了「大夫」這個難免引發曖昧聯想的人物身份和職業，據說是因為她父母就是醫生，而她自己也曾想從事這一職業[12]P23。這種說法只能當花絮看，真正的原因，源自導演的審美考量及藝術表達。表面上看，白大褂符合醫生這個職業的工作性質及其特殊需要，實際上，我認為姜文看中的，是這種裝束（制服）對人體審美層面的視覺衝擊力和性幻想的空間表現力。

因此，一方面，白大褂成為陷入偷情男女性狂歡中最佳的情趣服裝，另一方面，它能最大程度地容納並提取導演從青少年時代所形成的性審美觀和性記憶元素。這也是為什麼小梁的身份是一個廚子的原因：他手下那批大姑娘也是如此裝束，一再出現的大腿分開、抬起的特寫，既與廣場上放映的《紅色娘子軍》的舞蹈片段相呼應，更與導演少年時代對成年女性身體的視覺感性認知和性心理的格式生成相溝通。如果說，當年看電影的性狂歡是公眾無意識所致，那《太陽照常升起》的私密欣賞公眾化是由導演一手造就的。

## 戊、語言的時代風貌和模式的跨時空對接

　　沒有人懷疑《太陽照常升起》獨特的語言藝術魅力，這裡所說的語言有兩種指向，一種是人物所使用的語言，另一種指的是電影的鏡頭語言。前者與影片的思想主旨和導演追求的藝術情趣有直接關聯，然後決定了後者的風格和表達軌跡。人物所使用的語言產生的魅力，不僅僅是北京腔的普通話和香港腔的普通話之間的張力，更主要的是他們使用的詞語，而這個東西對過來人來說，理解和體味是深刻的、複雜的；對現今的人來說，又是歷史的、多層次的。

　　影片將兩個不同時期的語境打通，讓觀眾無法迴避對歷史風貌重溫的同時獲得解構的快感。

### 子、「你媽」

　　別人對當隊長的兒子提到瘋媽，滿嘴都是「你媽」怎麼樣了，譬如「你媽又上樹了」、「是你媽點的火」諸如此類。「你媽」的確是一種人物指稱，但只適用於具體語境，一旦被放置於一般語境中就難免產生歧義，或者生成另外一種含義，這與人的社會文化感覺有關。結果，無論聽的人還是說的人都會有一種強烈的快感。快感是語言存在和使用的基本功能之一，尤其適合視聽語言藝術。語言的快感有兩個層面。一般人用來即時消費，偏重實用功能，作品中突出和強調藝術功能〔註13〕。

### 丑、阿廖沙

　　影片講得很清楚，不瞭解那段歷史的人也明白這是典型的蘇聯人的名字，稍作聯想，便知道這是泛指一切有關蘇聯和中國、蘇聯人和中國人的故事。兩者間的關係既是歷史也是現實。「十月革命一聲炮響，給我們送來了馬克思列寧主義」[13]。1949 年後，中國大陸社會的一切都和蘇聯有關係，譬如大學能辦成今天這個樣子就是蘇聯模式的遺傳，還有城市的建築格局與鄉村文化

---

〔註13〕 明白了這一點就明白為什麼有些人選擇說話的職業，譬如教師、播音員和職業政客；又譬如人們要說「談」戀愛而不是「做」戀愛，為的就是釋放語言的快感，人長的嘴不是要光吃飯的，還是要幹點別的。無法壓抑、隨意釋放語言快感的人，常常是因為心理調控能力欠缺，或者人格心理機制停滯於青春期。譬如上課時忍不住說悄悄話的學生，其實是為了搶奪享用快感的機會。那他為什麼不能下課以後再說呢？因為下課以後的環境和氛圍不會產生類似的快感體驗。

生態，現今你依然會發現許多上世紀五六十年代的俄式建築風格的老房子，更不用說機構設置和意識形態模式等。

圖片說明：這是專為雜誌發表版配置的第十七幅影片截圖。當時選擇它，就是看中了這個人物內在張力和畫面衝擊感。

　　影片中瘋媽一遍一遍地呼喚阿廖沙，這個指稱涵蓋了兩段歷史，分水嶺是1960年代初期中、蘇雙方黨國關係的全面破裂對立。但無論如何，這些斷裂的歷史已經融入中國大陸普通民眾的精神世界，瘋媽的呼喚，並非只有恍如隔世的感覺。

### 寅、「抓流氓」

　　流氓原來是一個很寬泛的詞語，本意指的是沒有固定居所的流民。到「文革」時期，這個詞兒只侷限於狹小的社會文化層面，專指「男女關係不正常」的人和行為，包括語言表達和行為意識。影片中的「抓流氓」不單是詞語或

語言，也是電影人物和電影觀眾共享的快感來源之一。因為到底是誰去摸、哪一個屁股被摸其實是一筆亂賬，但出現這個事情是大家關心的和開心的，審查和調查過程更是如此。

此時人物所使用的語言已然同電影語言互通聲氣：影片中的放映機成為集體性狂歡的探照燈，電影中的電影與現實重疊，電影中舞蹈的大腿與銀幕下奔跑的群腿交叉互文。這時你恍然明白，摸了和沒有被摸的、追的和被追的、拍的和被拍的人，都從抓流氓行為本身中獲得一種等同於性活動的快感釋放。許多觀眾就此提取、調動了以往的記憶儲存並再次享受快感，這是導演刻意為之的目的之一，包括呼喊抓流氓的行為本身。

圖片說明：這是專為雜誌發表版配置的第十八幅影片截圖。

### 卯、「我愛五指山」

當審查方請林大夫去配合調查摸屁股嫌疑犯的時候，主事者鄭重其事地一再發出一號、二號直至五號的口令，除了上文提到的政治語言涵義外，口令的重複本身就是語言的狂歡，用以襯托那個時代社會的荒誕和人們相應的行為意識。因為，摸屁股的手，五根指頭，除了意識形態的所指和世俗意義上的能指，還與校方審查機構／官方負責人高唱《紅色娘子軍》中的插曲歌詞有關：「我愛五指山，我愛萬泉河」。

　　從敘事意義上，這是實寫，屬於人物語言使用範疇，但從電影藝術語言的角度，這又是虛寫，藝術化的真實。「山」、「河」並列，屬於修辭，「萬泉」與「五指」呼應，是修辭中的對仗。問題是，歌曲等同於詩歌，講究的是意境，而意境的生成，是藝術與生活的對接。聯繫到林大夫沒有被摸卻又不斷演繹的被摸場景，聯繫到她與小梁並無實質情感關聯卻又高潮不斷的表現，再聯繫到領導審查前後為此表現出的細緻熱情的工作態度，狂歡的語言王國中，虛實相間美不勝收。

圖片說明：這幅影片截圖被結集成書初版刪除。也許，審查者意識到了人物和畫面蘊含的情色內涵。事實的確如此，譬如構圖尤其是色溫就極好地外化、渲染了女性的性心理狀態。

　　由此你會發現，電影人物所使用的語言與電影的鏡頭語言不僅相互疊加，而且溝通中已然分出主次之別。這時候的鏡頭語言，已經脫離了純粹技術手法上的庸俗運用和理解，而是一方面將之從歷史的存儲中調動出來為人物服務，一方面又與 1949 年後的中國大陸電影語言模式產生奇妙的對接，最終完成的是導演的顛覆性表達。

　　這裡有導演調皮搗蛋、童心未泯的一面，更有藝術創造汪洋恣肆，自成一格的解構：看一個新電影等於看了許多老電影。譬如許多人注意到，生產隊會計接電話時那種「喂喂喂」的方式和語氣，無論是以往還是當下，這種人依然人數眾多。問題是，這是 1949 年後的中國大陸電影中常見的場景。因此，與其說這是《太陽照常升起》中的一個細節和人物刻畫方式，不如說這是導演對以往中國大陸電影語言模式的挪移借用。

她一个人从外地给你抱回老家

圖片說明：這是專為雜誌發表版配置的第十九幅影片截圖。

再譬如「最可愛的人」。

作為一種歷史現象描述和歷史性的語言存在，這種稱謂在 1949 年後的中國大陸曾將其普及深入到小學課本，更常見於媒體宣傳，以及一般化的日常語言應用，一般人都會知道這是指代參加過「朝鮮戰爭」（中國大陸稱之為「抗美援朝」）的大陸軍隊。類似的還有「提高警惕，保衛祖國」、「下放」、「白求恩大夫」、「接受貧下中農再教育」、「一切繳獲要歸公」、「烈士」等等。

這些語言和詞語組合既是過去歷史的反映，也是 1949 年後中國大陸電影模式當中出現頻率極高的語言表述模式。換言之，《太陽照常升起》電影語言模式的特徵之一，就是導演有意識地打破時空的限制，用以往的、1949 年後中國大陸電影通用的表現模式來嫁接自己的電影敘事，這種刻意造成影片敘事不按照生活本來的邏輯和語言歷史加以編排順序的手法，也是形成觀眾所謂看不懂的緣由之一，因為它對觀眾的年齡和閱歷以及相應的理解水平有起碼要求。

又譬如，小梁被當成流氓痛打了一頓以後，老唐在床頭和他討論一隻手和五個屁股的關係。一般人能聽得懂這段搞笑臺詞，但對其黑色幽默意味卻未必了然。而如果對 1949 年後中國大陸電影稍微熟悉的、年紀大一點的人就會很清晰判斷出，這也是那個年代電影經常使用的模式之一，尤其是我方正面人物在討論工作和重大問題的時候所使用的語氣和方式。

　　林大夫被要求不斷試摸她臀部的那個調查場景也是如此，審查者和被審查者的一問一答，從今天的角度人們可以輕易看出它的荒謬可笑，甚至濃鬱的色情意味，但當事人卻未必以為荒謬──當年的電影演得信以為真，觀眾更是極其投入、倍加認真，這才有今日「舊瓶裝新酒」後「紅了櫻桃、綠了芭蕉」的效果。

　　需要說明的是，這種對以往電影表現模式的挪移和借用，並非姜文獨有，開創者實際上是作家王朔。或者說，凡是改編自王朔小說的電影都具備此種特徵。譬如馮小剛導演的《甲方乙方》（1997），影片所表現的事件與所使用的語言模式形成一種奇妙的對應和解構關係，側重點並不是表現發生和敘述的事情。

　　譬如《甲方乙方》中的一個顧客出錢扮演巴頓將軍，凡是在1949年後中國大陸長大成人的青年男女都會理解其中深刻的內涵，也就是說顧客想扮演的，與其說是夢想當中的一個英雄，倒不如說電影中的顧客為導演和觀眾製造了一個機會，使大家重溫1949年以後電影模式化表現的同時，順手解構了以往被人為改編的歷史，並以語言狂歡從中獲得藝術快感。

就姜文自己的作品而言，在他的第一部作品《陽光燦爛的日子》中，這種挪移和借用、重溫和狂歡就已經出現，從這個角度可以說，姜文對 1949 年後中國大陸電影語言模式的解構創下首功一件。只不過《陽光燦爛的日子》的敘述方式比較常規，敘述模式通俗易懂，側重於歷史性的時代展示，沒什麼太多晦澀的地方，因此語言的狂歡能達到直接效果有限。而由於《太陽照常升起》的敘事模式被導演刻意增加了接受和理解的難度，譬如說把第一個故事放到最後，這樣就形成了對電影語言內涵體會上的些許障礙〔註14〕。

還需要聲明強調的一點是，無論是馮小剛的《甲方乙方》，還是姜文的《陽光燦爛的日子》，都是根據王朔的小說改編過來的，前者改編自《你不是一個俗人》（1992），後者源於《動物兇猛》（1991）。作為同時代人，無論馮小剛、姜文還是王朔，他們對 1949 年以後所形成的共和國文化，尤其是中國大陸電影語言模式是爛熟於心並銘心刻骨的。這就是為什麼《太陽照常升起》的電影語言會具有多重含義，從而讓觀眾產生包括荒誕和黑色幽默在內的感受原因。

所謂共和國文化，就是 1949 年以後，由於高度一體化的意識形態高壓和堅硬的話語體系結構，使得中國大陸文化向上切斷了與本土傳統文化的傳承，向外切斷了包括日本在內的西方文化碰撞交融的聯繫，雖然因為政治理念的關係，曾經在 1950 年代建立了與以蘇聯為首的東歐國家文化的聯繫管道，但隨著 1960 年代中蘇關係破裂，中國大陸文化因此形成一個更為封閉的空間，並在相當長的時間內演繹生成了自己的文化邏輯，構成自己獨特的文化生態背景。

共和國文化的一般代表是 1949～1965 年的「十七年」文藝，最高代表和典型案例就是 1966～1976 年的「文革」樣板戲。顯然，對這兩段歷史和共同的文化烙印與遺傳密碼，是理解《太陽照常升起》的一個必要的切入角度和思想平臺。

---

〔註14〕其實克服這個障礙很簡單，只要你看過兩遍以上。導演所表達的意思、意圖清楚，效果是雙重的。從這個意義上我才說理解這個電影需要一定的智力。

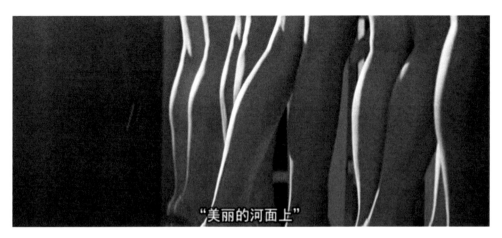

圖片說明：這是結集成書初版被刪除的第七幅影片截圖，是擔心讀者會產生「不正常」的聯想嗎？

## 己、結語

《太陽照常升起》中呈現的時代風貌，是一個被高度壓縮、進而扭曲時空的展示，因此必然造成一定程度上讀解的困惑乃至混亂。其實按照線性時間順序梳理一下就會發現，影片依次涵蓋了 1950 年代（阿廖沙、中蘇關係、邊境「盡頭」）、1960 年代（蒸汽機車、生產隊、鐵路建設）、1970 年代（「下放」、芭蕾舞劇《紅色娘子軍》）等中國大陸社會的標誌性事件和歷史軌跡——其中，自然包括「文革」，因為「文革」是作為背景性的存在。

就敘事主體而言，一方面，《太陽照常升起》是導演試圖復原自己的歷史記憶和展開想像的結果，另一方面，如同觀眾看到的那樣，影片復原的記憶顯然是與歷史有區別的：大體框架是真實確立，卻被主觀性的記憶和想像填充了空間。這是導演興趣盎然的結果，也是觀眾為之興趣盎然的地方。如果說看不懂或者不喜歡，那不是導演的責任，因為沒有一部電影是讓所有人都認同的。

依我看，《太陽照常升起》的主題思想，承接的是《陽光燦爛的日子》，是對過去的時代譜就的一曲輓歌。關鍵是，這曲輓歌不是唱給時代的，是唱給包括作者在內的那一代人的，因而帶有強烈的自傳色彩。準確一點說，《太陽照常升起》所體現的時代，不應該只被理解為歷史上客觀的、真實存在的時代，而是存在於導演頭腦中的、記憶當中的時代。

所謂形式上的獨特，不過是因為經過了導演自己的記憶組接和刻意打磨、安排，重新展示出來的結果。一般人認為這個片子看著亂，是因為導演有太多的話想要傾訴，有太多的自我記憶當中復原出來的東西要展示。而一旦展示出來，又在當下的語境中發生奇妙的變化，這是 1950 年代和 1960 年代那批人共同的一個心結。所以，導演三年以後的《讓子彈飛》，承接的是《鬼子來了》的沉重母題。而這，又不是一代兩代人的心結所能概括的了。

你笑完了？我还没笑完！

## 庚、多餘的話

### 子、美女與豔婦

姜文自己導演的影片，每一部都會為觀眾推出一個真正的美女影星，而且美得令人震驚、美得獨具特色。《陽光燦爛的日子》推出的是寧靜，尤其是那雙大腿，那才叫女人大腿，用性感一詞不足以說明其肉感，看得馬小軍汗如雨下。《鬼子來了》推出的美女是姜鴻波，扮演馬大三的情人魚兒，電影開始就是一段床戲，裸得恰到好處，動態美不勝收，小腿、腳趾都是戲。

《太陽照常升起》中坐頭把交椅的美女當然是陳沖，作為 1980 年代的中國大陸資深女明星，是姜文給了她第二次青春煥發的機會，集豔麗與風騷於一身；其次就是出演老唐妻子的孔維，真正的漂亮女人，俗一點說是風姿綽約、儀態萬方。三年後的《讓子彈飛》，即使只給了趙銘十數秒鐘的鏡頭，也讓千百萬觀眾瞬間記住了這個受辱民女的形象，至今如數家珍、津津樂道不已。

綜合起來可以判斷，姜文對女演員的選擇，更側重形神兼備中的「形」。「形」者，性也，也就是女人味兒。因此，《太陽照常升起》中的周韻是以「腳

色」而不是姿色勝出。導演的性審美觀念和性取向，既昭然若揭又無可非議，用哲學家康德的話說，那就是審美層面上的「趣味無爭辯」。作為男導演，姜文選擇女演員的標準讓人歎服。

### 丑、電影音樂

《陽光燦爛的日子》給人留下印象的是「文革」時期的音樂歌曲，這個不怪給影片配樂的人，而是觀眾的記憶性選擇的力量太強大。《鬼子來了》的情況也相似，姜文那代人尤其是軍隊大院子弟，是看「內參片」長大成人的。其中的日軍軍歌《軍艦進行曲》（一名《海軍進行曲》），為普通民眾熟知的時間，是1970年代末期公映的日本電影《望鄉》（1974），那時間相差十好幾年。《太陽照常升起》中久石讓譜寫的的確是好音樂，因為它基本上將導演在影片中壓縮的時空感受和欲望近乎完美地表達出來了，難怪姜文忍不住又在《讓子彈飛》中重複使用了一回。

怎么样？我唱的怎么样？

圖片說明：這是專為雜誌發表版配置的第二十幅影片截圖。

### 寅、經典臺詞

　　一般好的電影，尤其是經典影片都有一個共同的特徵，那就是一定會有能被傳誦的名言警句。《太陽照常升起》中就有，譬如，「不怕記不住，就怕忘不了」，說的是生活的哲理啊，因為一旦你記住了，你的生活和人生狀態就會被改變。至於生產隊長能用算盤打出「提高警惕，保衛祖國」，這個也算，但只適用於經歷過那個時代的中國大陸民眾，外國人未必看得懂。順便告訴你一個學英語的訣竅，那就是用英語寫任何字，尤其是買菜時用英語記錄，保證見效，而且到了國外能直接生活，菜都買了還有什麼不認識的單詞？不至於天天方便麵。

你说他多坏，他把那种事说成是开枪

圖片說明：這幅截圖在結集成書初版和雜誌發表版都選用了，但都先後被刪除和未採用。

### 卯、朗讀古詩

　　看姜文的訪談，他講到小時候被他爸爸逼著背古詩，感歎自己當時記不住[14]。我不知道他還有這種經歷，可見中國大陸前幾代軍人也還是很有傳統文化素養的，「文革」也沒有真正打斷這種傳承。古詩是要背的，記不住沒關係，因為沒讓你當時就懂，當時就懂的就不是古詩，而是流行歌曲歌詞或者段子。

　　影片中瘋媽背的唐詩是崔顥的《黃鶴樓》：「昔人已乘黃鶴去，此地空餘黃鶴樓。黃鶴一去不復返，白雲千載空悠悠。晴川歷歷漢陽樹，芳草萋萋鸚鵡洲。日暮鄉關何處是，煙波江上使人愁」。這個當然是名篇，問題是你應該用哪種語言來背誦或者朗讀。正確答案應該是任何一種地方方言，南方或北方的都行，就是不能用 1949 年後的中國大陸普通話。原因是地方方言里保留著眾多正確的古漢語讀音，那樣念出來才有文化意蘊和詩歌味道。瘋媽就是這麼讀的，這就對了。

## 辰、語言的時代性

影片最後一個故事講到了 1950 年代的事情，「阿廖沙」就是其中的印證之一。印證之二是妻子領取丈夫的遺物時，一個蘇聯大媽對她講俄語，旁邊站著一個翻譯把它翻譯成普通話。這種情形對眾多還活著的人來說，熟悉中又多少有陌生之感，時代的隔膜就此打通。又譬如老師教瘋媽的兒子打算盤，明顯的是 1960～1970 年代中國大陸農村公社化時期的事情，可老師說的是北方普通話，由香港演員扮演的兒子講一口地道的港腔。再譬如老唐回北京找朋友討教對策，倆人講的又是正宗的北京話。這些人物使用的語言無論怎樣南腔北調，共同的特點就是全套標準的「文革」語言基調：詞彙、概念、語氣、意識。這種錯亂的感覺直接地、同時地作用於觀眾的視聽感官，這也是導演刻意追求的效果之一。

圖片說明：這是結集成書初版被刪除的第九幅影片截圖，情景是隊長與唐阿姨偷情。其實一幀一幀地仔細看也未必能看清楚，還很可能是裸替，但還是被刪了。

### 巳、天鵝絨

那個吃飯都成問題的年代，這種奢侈紡織物卻是隨處可見。但那時的天鵝絨是剪成小塊做了錦旗掛牆上用的，只有特權階層和特權人物才又用來裝飾窗簾或鋪桌子上當臺布用。慢說生產隊長、一鄉下孩子不知道它的真正稱謂，就是城里人也有許多叫不上這玩意兒學名的。問題是，那時候的天鵝絨是政治圖騰的承載之物，唐氏夫妻卻用來形容比喻女性的豐腴之地。難怪生產隊長睡了女人後抱怨那地界根本就不是天鵝絨：掛牆上的神聖之物怎麼能用來形容床上的日用品（女人的肚子）？導演之所以就借用了原作小說的這一節而捨棄其他，他是明白人，而生產隊長不明白。只不過，後者是粗俗地赤裸，前者是高雅得粗俗。

城里人和鄉下人就是不一樣哈。

可是你老婆肚子根本不像天鵝絨！

### 午、姓名文化學和社會學

前者指的是老唐夫妻的姓氏。生產隊長問怎麼稱呼老唐夫婦，老唐說你叫我唐叔。「那阿姨呢？」「你就叫唐嬸」。按說這個不符合 1949 年以後中國大陸倡導樹立的社會主義國家「新風俗」，已婚女性哪裏可以跟著夫姓？導演並沒有犯低級錯誤，仔細想就明白，唐叔唐嬸就是中國人的指稱，原作中，這對夫妻是歸國海外華僑，姜文生發了這層含義。

後者指的是林大夫對小梁說，審查摸屁股犯的老吳真笨，「老吳真是個大笨蛋！」吳某人是誰？是領導；「吳」怎麼寫？天上一個口啊：他說的話比天還大。當時的副統帥林彪說毛主席的話「一句頂一萬句」，這是「口含天憲」的古語今用。瘋媽的老公叫阿廖沙，這不是中國人的名字，顯然是個指代；最後告訴你他叫李不空，這絕對是政治語言中的姓名命名思路，內容實在太多。

　　所以，每次講到這個片子，總有聽眾說，導演為什麼不能把故事講得明白一點兒？我的回答是，第一、他不能講明白，因為歷史本身就不清白；第二、如果講明白了，那《太陽照常升起》就是《鬼子來了》的下場。〔註15〕

初稿時間：2007 年 10 月 16 日

初稿錄入：李慧欣

二稿時間：2009 年 5 月 28 日

三稿改訂：2012 年 10 月 24 日～11 月 26 日

配圖時間：2013 年 4 月 30 日

圖文修訂：2016 年 3 月 24～28 日

再版校訂：2017 年 4 月 20 日～28 日

新版校訂：2020 年 3 月 29 日

〔註15〕本章在 2007 年完成初稿，2012 年三稿改訂後，以《歷史射進現實——以姜文2007 年導演的〈太陽照常升起〉為例》為題，於當年 11 月投寄《新國學研究》（全文約 22000 字，並另行配置了 22 幅影片截圖），但直至 2014 年 1 月，本文配圖版作為第七章收入《新世紀中國電影讀片報告》時，仍未收到回覆。2015 年 5 月 5 日，突然收到《新國學研究》編輯來函，稱準備將投稿編入當年出版的第 13 輯，只是由於體例限制，擬刪去投稿中的丁、被遮蔽的情慾世界和性狂歡和庚、多餘的話以及配置的全部圖片。我即刻回覆說拙稿已成書出版，對方表示理解和遺憾。孰料一個月後接到另一編輯來電，通知我投稿已刊出（中國書店 2015 年 9 月出版），採用的文字約 11000 字，除了沒有採用所有截圖外，還刪去了全部注釋。需要在此說明的是，本章當初收入《新世紀中國電影讀片報告》時，被刪除包括 3 條注釋在內大約 2600 多字以及 9幅截圖。此次新版，全數恢復並以黑體字標示並新增專業鏈接 4：影片經典臺詞、篇末的英文摘要、兩種影片 DVD 碟片包裝的 6 幅圖片。另外，雜誌投稿版沒有採用的截圖都在圖片說明中有所交代，凡是沒有說明文字的截圖，均為原成書版已選用。特此申明。

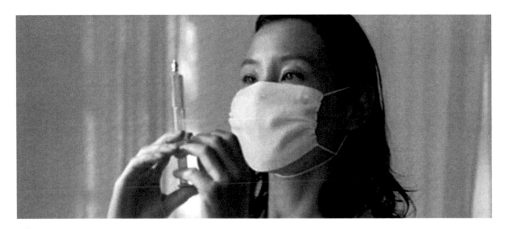

圖片說明：這是專為雜誌發表版配置的第二十二幅影片截圖。

## 參考文獻：

〔1〕百度百科〔EB/OL〕http://baike.baidu.com/view/327025.htm〔登錄時間：2012-10-23〕

〔2〕「1993 年 8 月 23 日《陽光燦爛的日子》正式開拍，1994 年 1 月 22 日完成了最後一個鏡頭的拍攝，1994 年 8 月收到威尼斯電影節邀請，1995 年 8 月 21 日距影片開機整兩年，影片正式批准發行並在全國公映」。來源：時光網〔EB/OL〕http://movie.mtime.com/12383/behind_the_scene.html〔登錄時間 2011-12-23〕

〔3〕馬戎戎，姜文.幸虧太陽飄蕩在空中〔J〕.北京：三聯生活週刊，2007（30）.

〔4〕陳旭光.敘事實驗、意象拼貼與破碎的個人化寓言——評《太陽照常升起》的創新與問題〔J〕.北京：藝術評論，2007（11）：20～24.

〔5〕盧弘.林彪的「莊嚴聲明」：葉群結婚時是純潔的處女（2），來源：人民網〔EB/OL〕http://history.people.com.cn/GB/205396/15424233.html〔登錄時間 2012-10-31〕

〔6〕李綱.偉人的睿智和風範至今難忘——英文翻譯施燕華回憶鄧小平接受法拉奇採訪〔J〕.北京：黨的文獻，2007（2）：14～17.

〔7〕姜文專訪：《子彈》是送給觀眾的禮物，見「桃小天」逃之夭夭的博客〔EB/OL〕http://blog.sina.com.cn/taoxiaoyao411（2010-12-24 22：40：02）〔登錄時間 2012-10-28〕

〔8〕三木，姜文.造反派——獨家專訪姜文〔J〕.上海：看電影，2007（23）.

〔9〕王朔.看上去很美〔M〕.北京：華藝出版社，1999：262～263.

〔10〕毛澤東.毛澤東同志的二十三封書信·毛主席談人體模特（1965）〔N〕.北京：人民日報，1983-12-25（8）.

〔11〕馬戎戎.太陽再次升起〔J〕.北京：三聯生活週刊，2007（30）：37.

〔12〕左英，老晃.夢是唯一的現實——姜文專訪〔J〕.北京：電影世界，2007（17）.

〔13〕毛澤東.論人民民主專政〔J〕.重慶：中蘇文化雜誌，1949（7）：2.

〔14〕姜文：我一直說我是個業餘導演〔N/OL〕.南方週末網〔EB/OL〕http://www.infzm.com/content/9822.（2007-09-26）〔登錄時間：2012-11-16〕.

## 2007：Sun Also Rises---- History Projects onto Reality

Read Guide：Subject matter, characters, plot and film language are all creatively used in the film by the director on purpose. Excellent narration is not a goal, the story is only a platform. All factors of the film just serve for the director to pour out his emotions and show his subjective feeling about history and reality, which makes audience feel "cluster". *Sun Also Rises* is a political fable, displays a veiled world full of sexual passion and a carnival kingdom flooded by opening words. The director went into and out of scenes time and again, linked history and reality, also mixed different times and spaces, to satisfy himself. In essence, the film is deducing a story rather than telling a story.

Keywords：Wen Jiang; narrative subject; fable; absurd; sexual passion; language; pleasant sensation;

圖片說明：在中國大陸市場上公開銷售的《太陽照常升起》DVD 碟片之一（左）、之二。

# 2008 年 :《立春》
## ──無字碑和一首絕望的歌

圖片說明：在中國大陸市場上公開銷售的《立春》DVD 碟片之封面、封底。

內容指要：

　　影片對四個 1980 年代文藝青年形象的群體刻畫，主旨並非單純懷舊，而是從文化生態邏輯的層面，將以往的時代精神與當下現實鏈接，這是第六代導演作品或曰新左翼電影的革命性即真實性和邊緣性的再次強調體現。周瑜、黃四寶們被時代潮流打

回原形，恢復了其普通青年的本色，堅持夢想、涅槃重生的胡金泉和王彩玲，則成為被時下網絡熱詞所形容的 2B 青年。《立春》對內蒙西部方言的通篇使用，既是顧長衛的進步，也是第六代導演作品／新左翼電影地域性特徵的完善補充。

關鍵詞：1980 年代；人文景觀；三種青年；文藝青年；2B 青年；內蒙方言；

專業鏈接 1：《立春》（故事片，彩色），2008 年出品；英文片名：And the Spring
Comes，DVD，時長 101 分 35 秒。2008 年 4 月 10 日中國大陸
首映。

>>> **編劇**：李檣；**導演**：顧長衛；**攝影**：王雷；**錄音**：王學義；
**美術**：楊帆；**剪輯**：楊紅雨；

>>> **主演**：蔣雯麗（飾王彩玲）、李光潔（飾黃四寶）、焦剛（飾
胡金泉）、吳國華（飾周瑜）、董璿（飾小張老師）、
張瑤（飾高貝貝）。〔註 1〕

---

〔註 1〕片頭字幕：北京保利華億傳媒文化有限公司。顧長衛導演作品。出品人：董平；
製片人：顧長衛、二勇。蔣雯麗，吳國華，李光潔，董璿，焦剛，張瑤。《立
春》（And the Spring Comes）。服裝設計：相紅輝；作曲：竇鵬；剪輯：楊紅
雨；錄音：王學義；美術：楊帆；攝影：王雷；編劇：李檣；導演：顧長衛。
片尾字幕：謹以此情此景獻給王彩玲（This scene is dedicated to Wang Tsai-ling）。
編劇：李檣；攝影：王雷；美術：楊帆；錄音：王學義；剪輯：楊紅雨；作曲：
竇鵬；服裝設計：相紅輝；執行導演：齊大剛；製片主任：六子；導演：顧長
衛。王彩玲……蔣雯麗，周瑜……吳國華，黃四寶……李光潔，小張老師……
董璿，胡金泉……焦剛，高貝貝……張瑤；特別出演：高衛紅、張靜初。策劃：
王一、王衛；執行製片：李凱；副導演：楊薇薇、劉國興、李凱、薛勇；場記：
金鬥；副攝影：王建軍；（中略）阿琳……吳澆澆，KTV 服務生……孫金，
王彩玲父親……伍宗仁，王彩玲母親……吳雅蘭，王彩玲女兒（4 歲）……李
明洋，王彩玲女兒（2 歲）……駱凡，黃四寶母親……李麗，群藝館小宋……
張麗，歌劇院院長……鄭詠，周瑜女兒……蘇日，小張老師丈夫……吳迪，高
貝貝母親……薛仲然。（中略）中國愛樂樂團，包頭市昆區文化館舞蹈隊。（中
略）本片歌曲段落：《暮春》，演唱：尤泓斐；《為藝術為愛情》（Viss d'arte, Viss
d'amore），選自歌劇《托斯卡》，演唱：尤泓斐；《乘著那歌聲的翅膀》，演唱：
尤泓斐、徐春雨；《月亮頌》，選自歌劇《水仙女》，演唱：尤泓斐；《紅日》，
演唱：李伊檸。（中略）鳴謝：中共市委包頭宣傳部、包頭市公安局、包頭市

**專業鏈接 2：影片獲獎情況：**

主演蔣雯麗 2007 年獲第二屆羅馬國際電影節影後獎，2009 年獲（大陸）第 27 屆金雞獎最佳女主角獎、第五屆中美電影節「金天使」獎最佳女主角獎、第二屆鐵象獎（注：由中國電影記者作為電影愛好者身份自發評選的一個電影獎項）年度女主角獎[1]。

---

公安局交通支隊、包頭市文化局、中共包頭市青山區委、包頭市青山區政府、中共包頭市東河區委、包頭市東河區政府、包頭神華國際城、包頭市新桃源公寓、包頭市天下犬幫犬舍、北京音樂廳、呼和浩特市鐵路局包頭火車站、呼和浩特市鐵路局包頭鐵路醫院；（略）。（以上字幕錄入：劉曉琳）

專業鏈接 3：影片鏡頭統計：

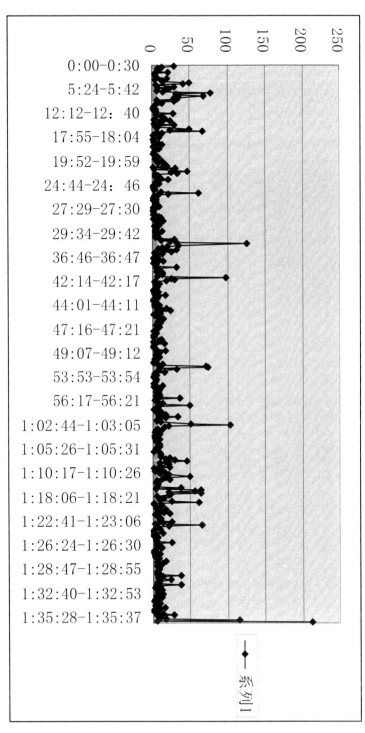

說明：全片時長 101 分 35 秒，共計 486 個鏡頭。其中，字幕鏡頭 2 個（片頭字幕 30 秒，片名字幕 5 秒，片尾字幕 213 秒），小於等於 5 秒的鏡頭 187 個，大於 5 秒、小於等於 10 秒的鏡頭 144 個，大於 10 秒、小於等於 15 秒的鏡頭 58 個，大於 15 秒、小於等於 20 秒的鏡頭 24 個，大於 20 秒、小於等於 30 秒的鏡頭 35 個，大於 30 秒、小於 1 分鐘的鏡頭 24 個，大於 1 分鐘的鏡頭 14 個，（其中大於五分鐘的鏡頭 0 個）；大於 30 秒的長鏡頭總時長為 34 分 25 秒，占全片總時長的 35.3%。

（數據統計與製圖：李棄雄）

## 專業鏈接 4：影片經典臺詞

「立春一過，實際上城市裏還沒啥春天的跡象，但是風真的就不一樣了。風好像在一夜間就變得溫潤潮濕起來了，這樣的風一吹過來，我就可想哭了，我知道我是自己被自己給感動了。」

「革命不分先後，學習不分長幼」。

「哎呀，你怎麼又來了？買戶口這事兒啊，可不是一天兩天就能辦成的。你當是買鞋呢？有錢就能買著？」——「我沒催你的意思，就是想知道有什麼新進展了」——「我可跟你說好了啊，三萬塊錢可不見得夠！」——「只要能把我辦進北京去，我砸鍋賣鐵都行！」

「我去北京了，中央歌劇院正調我啦，他們請我去看《托斯卡》」——「脫啥？」

「古人說，絲不如竹，竹不如肉，是說弦樂沒有管樂好聽，管樂又比不上人的聲音。我一貧如洗，又不好看，老天爺就給了我一副好嗓子，除了這，我是個廢物。我一定能唱到巴黎歌劇院去！」

「梵高運氣也不好」。

「你幹啥要幫我啦？我對你又沒啥價值」。

「那你……能不能幫我做一次人體模特兒？我畫畫兒這麼多年，還從沒畫過女人體呢！」

「我什麼時候能達到梵高的境界呵？他為了藝術把個人的耳朵都給剪掉了」。

「她說，住在這種小地方，一個人懂六國語言，就跟六指兒一樣，是個累贅。你明白吧？就像咱倆」。

「這麼多年，好不容易碰到一個可以交流的人。你一走，我真成孤島了」——「你要是讓我留下，我可以放棄北京戶口！」——「放棄幹啥啦？能逃一個是一個。你說過你要唱到巴黎歌劇院的」——「要是我走了，你以後永遠不可能再碰上像我這麼懂你的女人了」——「我遲早也會離開這兒，我一看見有人提著包離開這個城市，別管他去哪兒，我都很羨慕」——「我給你說個秘密，你可不要笑話我」——「肯定不笑」——「我還是個處女呢……我不想在這個城市發生愛情」。

「這要是開往巴黎的列車就好了」。

「你真的沒對我動過心？哪怕一點點、一瞬間都沒有？」——「我很敬重你，我一直把你當哥們」——「你是因為我醜才把我當哥們的吧？我覺得我不醜，我就是有點古怪」——「難道男女間非得用愛情來表達感情？」——「一個女人對一個男人最深的感情只能是愛情！」——「我沒那麼高的境界。我挺庸俗的」。

「你知道我的感受嗎？你讓我覺得，你強姦了我！」

「你跟我過吧，以後我養活你！」——「你喝多了吧？！」——「我絕對是一口酒都沒喝！我第一次聽到你的歌聲，你就像我的親人一樣。哎呀，你看我都熬了這麼多年了，也沒熬到個像樣的。咱倆條件也都不咋地，黃四寶也走了，都這把歲數了，老老實實過日子吧！」——「那我也認真告訴你，周瑜，我是寧吃仙桃一口也不要爛杏一筐！」

「你以為北京那麼好去啦？在這兒好好工作吧！」

「以後我有了娃娃，一定讓他跟你學跳舞」——「那你就害他吧！」

「哎呀，胡老師呀，你演得太好了。我剛剛從泰國回來，看了人家的表演，你呀，比那兒的人表演得好多了！」

「我一看見你，就覺得可親近了。你真像個赤子似的」——「你

高看我了。你不知道，我是這個城市的一樁醜聞」——「那是因為你比一般人勇敢」——「是啦，我這麼不正常的人，還死皮賴臉地活著」。

「我一直以為，時間長了，這個城市會習慣我。但是我發現，我一直像根魚刺一樣，扎在很多人的嗓子裏。我真是個怪物，像六指兒一樣」——「我也這樣說過自己」。

「實際上我挺同情你的，你跟世俗生活水火不容，可我不是。我就是不甘平庸，有一天我實在堅持不了了，一咬牙隨便找個人嫁了，也就算了，我不是神」——「實際上，誰都在劫難逃。既然你是這個命，你就得擔待」。

「我在裏頭挺好的。我這根魚刺，終於從那些人的嗓子裏拔出去了。我踏實了，大家也踏實了。實際上，我挺高興的」。

「我真想在我臨死以前去一次北京，哪怕就在天安門廣場唱一首歌呢！」

「每年的春天一來，實際上也不意味著什麼，但我總覺得要有什麼大事發生似的。我心裏總是蠢蠢欲動，可等春天整個都過去了，根本什麼也沒發生，我就很失望，好像錯過了什麼似的」。

「我知道我會有報應的，但是，出名太難了！唱得好的人多了，咱們又是小地方的，沒點特殊手段根本出不去」。

「你能把我當朋友，是因為我比你更不幸。我沒你好看，沒你年輕，又沒有家庭。有我這種人在你身邊墊底兒，你會安慰的，對吧？不管是誰，她不幸的時候就會跟我同病相憐。我要是比你幸福，你還會跟我說啦？」

**專業鏈接 5：影片觀賞指數（個人推薦）：★★★★★**

## 甲、前面的話

2008 年《立春》公映前後,中國大陸媒體發布的相關信息,最引人關注的一點是因為導演是顧長衛。和許多人一樣,我對顧長衛導演的作品比較信任。作為中國大陸第五代導演的大學同學(北京電影學院 1978 級,即 1982 屆畢業生)和幾乎同時成名的攝影師,顧長衛先後為陳凱歌與張藝謀拍攝了《孩子王》(1987)、《紅高粱》(1987)、《菊豆》(1990)、《霸王別姬》(1993),收穫「中國第一攝影師」的美譽,此後,還為第六代導演的姜文拍攝了《陽光燦爛的日子》(1994)和《鬼子來了》(2000)[2]。作為導演,顧長衛 2005 年拍攝的《孔雀》引人矚目,因此,我把顧長衛歸到第六代導演而不是第五代序列。

(Ah...)

圖片說明:人們在鏡中看到的自己,其實不是完整的和全部真實的自己,而是自己眼中的自己。因此,這樣的形象就有了主觀性。別人眼中的自己和自己眼中的自己區別巨大,但很少有人能領悟。

這樣劃分定論的衡量標準是作品,而不是導演本人的年紀與資歷,因為中國大陸第五代和第六代導演作品的主題思想、精神內涵有著本質性的差別。簡單地說,前者的革命性貢獻是對視聽語言的更新,主題思想並沒有擺脫 1949 年以後的意識形態框架;後者繼承發揚了前者的電影語言模式,(這種世俗性的衝擊力和藝術上的表現力已經是退居其次),對掌控一切的主流意識形態批判性地反思,對社會現實、尤其是底層民眾的命運和弱勢群體的生活給予前

所未有的關注，並用自己的聲音表現傳達。因此，無論是《孔雀》還是《立春》，視聽語言層面只有風格而沒有特殊，況且也不重要，重要的是，顧長衛的價值立場和藝術追求與第六代導演並無二致。

　　相隔三年的《孔雀》和《立春》於精神上有一脈相承或者說驚人一致的地方，這也是第六代導演或曰新左翼電影最引人矚目的內在品質，那就是對原生態生活的誠懇態度，以及導演對本土文化中歷史、時代和生命獨到的理解重視，也就是所謂的藝術真實──《立春》屬於好電影，具備基本經典品質，譬如信息飽滿，可讀取的層面豐富〔註2〕。其次，通篇使用地方方言，這既是第六代導演／新左翼電影獨特精神內涵和革命性品質的一個標誌，也是《立春》對《孔雀》內涵的一個繼承和新發展。

　　眾所周知，1949年後，中國大陸電影思想和理念大一統的明顯標誌之一，就是用普通話即官方標準語言覆蓋直至全面取消地方方言，而這樣做的最大後果就是在掩蓋屏蔽不同地域文化的同時，客觀上從思想屬性和文化屬性上對歷史和藝術造成不可彌補的損害〔註3〕。就《立春》而言，影片對1980年代內地邊遠城市底層民眾形象的塑造，既是第六代電影邊緣性特徵的體現，也是對中國大陸近三十年來三種青年形象──即文藝青年、普通青年和2B青年──及其集體命運的真實刻畫。

---

〔註2〕這與姜文導演的影片，如《陽光燦爛的日子》、《鬼子來了》、《太陽照常升起》一樣，像一壺沒有被兌水的原漿酒。我用了一天的時間，才完整地看完《立春》，中間停頓了七到八次，最後一次，留下30分鐘一直沒捨得看。這就好比我個人的一個飲食習慣，記得小時候吃到好東西，從來都不會一下子把它吃完。譬如六、七十年代，雞蛋是很奢侈的東西，如果飯桌上分到一個的話，第一我往往會把它放到最後吃，第二，吃的時候會一小口一小口地吃，盡可能延長品味時間，盡情享受那種奢侈的滋味。

〔註3〕1951年，新中國剛成立兩年，最高當局親自撰寫文章，發動對電影《武訓傳》（編導：孫瑜，上海崑崙影業公司1950年出品）全國範圍的大規模批判。與此同時，一批影片也被禁掉，譬如《關連長》（編劇：楊柳青、朱定，導演：石揮，上海文華影業公司1951年出品）、《我們夫婦之間》（編導：鄭君里，上海崑崙影業公司1951年出品）等等。影片被禁的原因除了政治原因之外，共同的一點是這些影片對地方方言的廣泛使用，尤其是《關連長》和《我們夫婦之間》，那裡面的男女老少滿嘴清一色的山東土話（地方話）。僅此而言，這些影片就不符合大一統在文化上整肅劃一的要求。因此，《立春》對地方方言的使用本身，具有非常強烈的第六代導演所獨有的外在藝術形式特徵。

革命不分先后 学习不分长幼
Revolution knows no era. Study knows no age

圖片說明：現今滿大街的短髮中年男和光頭中年男，其前身幾乎都是當年長髮飄飄的文藝男青年。頭髮可以看作是思想的外化，因為它長在腦袋上。對中國人來說，頭髮的變化其實是思想的變化。

## 乙、1980 年代中國大陸邊遠城市的社會風貌和人文景觀

　　當年《立春》公映時，導演在訪談中並沒有明確否認影片的社會時代背景是 1980 年代，具體地說，是 1984 至 1994 年間的時間跨度[3]。我同意一些學者感同身受的評論，因為我也是從那個火熱的年代過來的，但我更讚賞導演對那個時代及其精神的執著和懷念。我只是願意先從一些小的細節上再次證明那些個時代特徵，因為它們不僅極其明顯，或者說是標誌性的，而且帶有太多的個人情感記憶，雖然如導演自言，是「時過境遷」[3]。

　　第一個例子，是火車票。熱愛繪畫的煉鋼廠青年工人黃四寶，年復一年地去北京參加中央美院的入學考試。火車站等候上車的一場戲中，黃四寶嘴裏叼著的火車票是硬紙的、類似小卡片似的車票。（見下圖）稍加回憶就會想起，中國大陸的火車票全面實行軟紙化是 1990 年代中後期的事情，也就是說，過來人對 1980 年代的諸多記憶中，這種火車票是諸多印象深刻的對象之一。

　　第二個，女主人公、師範學校音樂教師王彩玲和她的鄰居小張老師，以及許多的成年女性穿的那種褲子，當時民間叫法是「踩腳褲」，官名又叫「健美褲」。

說了不用送了你咋又來了
Didn't I tell you not to see me off?

　　這種女褲，大多數布料低劣但質感清晰，剛穿上時能把兩褪和臀部的線條勾勒得非常分明，極具視覺衝擊力。但正因布料低劣，所以沒有回彈力，穿上不久就會起皺、不貼身，尤其是臀部部分會鬆懈甚至下垂，很容易給人以萎靡不振或邋裏邋遢的感覺——王彩玲的情形就屬於後一種。（見下圖）

　　考查其設計血緣，它橫向移植了牛仔褲的粗獷風格但剔除了男性元素，向上，則沿用了秋褲的材料質地和造型元素，一時間成為引領女性「內衣外穿」潮流的先鋒版，是 1980 年代城市女性突出其性別特徵、走民間性感路線的一種流行裝束，即使是邊遠地區也很普及。

　　第三個，小張老師的男朋友也就是後來的丈夫，穿的那身制服和戴的大蓋帽（見下圖）。

　　1980 年代的中國大陸，人們的穿著打扮有一個很有意思的現象，大體上女性風行「踩腳褲」／「健美褲」，男的流行穿夾克衫和風衣。此外，就是制服化傾向，各行各業各種管理階層冒出無數大同小異的制服並成為一種社會現象。公、檢、法、軍、警以及鐵路、郵政部門不用說，工商、防疫、衛生等管理人員也都是一身官樣制服，這與 1970 年代中國大陸社會以藍、灰為主色調的服飾形成思想、文化層面的內在呼應〔註4〕。

　　現在看來，這是一個文化層面的社會問題，它至少說明了 1980 年代的中國大陸民眾，對服裝的選擇其實是延續了「文革」時期熱愛軍裝的傳統。其次，制服遍地開花，那麼多人穿制服，說明 1980 年代改革開放初期，絕大部分社會成員還依賴於體制內的生活，而體制內最有保障的領域就是那些握有公權力的部門，也就是所謂強力部門，穿著制服成為一個人社會地位的外在標識。

〔註4〕1980 年代末期的一個夏季，我在呼和浩特的大街上碰到一個來中國大陸旅遊的瑞典青年，隨後給他做了兩天的義務導遊。這期間他問了我許多讓他困惑不解的問題，譬如為什麼把毛的屍體放到一個大房子裏讓人參觀？為什麼你們可以隨便翻印外國的圖書然後公然售賣？以及為什麼你們國家有這麼多穿制服的人，等等。當時我覺得這都不是問題，都是理所當然……至今這種情況也沒有本質變化，因為內在的東西依然「仍舊貫」。

　　第四個，是菠蘿。這個很有意思，但現今的許多觀眾不甚了然。

　　菠蘿出現了三次，青年工人周瑜要跟王彩玲學唱歌劇，兩次求見「王老師」時，手裏拎的禮物都是菠蘿；（見下圖）還有一次是一個自稱得了癌症的女青年，求王彩玲收她為徒，拿的禮物也是菠蘿。那個年代的北方人特別能夠明白，那時經濟體制還處於僵化的計劃供應時期，特徵之一就是生活物資匱乏、物流不暢——基本固化。譬如本地人基本吃不到外地水果，熱帶水果在北方尤其罕見。所以求人辦事選菠蘿做禮品，顯得貴重、鄭重，還挺時尚——蘋果鴨梨畢竟太土氣。因為，故事的發生地是內蒙古的西部地區[3]。

　　第五個，「亞運會」招貼畫。

　　王彩玲兩次到北京，都會去找一個自稱能把她的戶口辦到北京的老頭——實際上這是一個欺騙她錢財的「大忽悠」。每次她跟這個騙子會面說話的地方，都是一個城區鐵路橋的下面，旁邊牆上貼著一個熊貓射箭的招貼畫（見下圖左側）。經歷過那年代的人基本上都會想起，1980年代末期北京正籌備一場非常大的體育比賽，就是第11屆亞洲運動會。

　　那時候中國大陸如此規模的體育賽事很少，（至於籌辦「奧運會」，想都沒有人想）。1990年（9月22日至10月7日在）北京舉辦的「亞運會」，是首都文化輻射和影響力巨大的一個體現，不亞於18年後北京承辦的第29屆夏季「奧運會」。

第六個，也是標識性的時代證據，影片中警察穿的是「83 式」警服。

因為直到「95 式」（「89 式」改進型），包括「92 式」在內的警察服裝都是橄欖綠。警服「在色彩、款式、功能各個方面都有較大的變化」，是 2000 年 10 月 1 日中國大陸警察制服全面換裝後的事[4]。換言之，只有 1980 年代的（中國大陸）警察才穿成那樣。（見下圖）類似的警服樣式，賈樟柯 1997 年導演的《小武》中也曾出現過，想來大家還有印象。

第七個，就是那個現今看上去很有喜感的呼啦圈。

周瑜自己喜歡上了王彩玲，但王彩玲不喜歡他，只想跟黃四寶好。周瑜便去找黃四寶家，騙黃媽媽說黃四寶犯了事兒。來到黃家時，黃媽媽正玩呼

啦圈。（見下圖）呼啦圈是那個年代中國大陸全民化運動的一個標誌性器具，成本低廉，普及性強，但真玩兒得好不容易。在我等北方佬看來，這是個女性運動專有項目，其扭腰擺臀特徵，承接的是 1980 年代初期流行一時的搖擺舞的文化元素。

第八個，王彩玲和黃四寶們都對首都無限嚮往，所以影片有多次乘坐火車的鏡頭，其中特別提到 256 次列車。不論哪趟車，都是當年全國一體、款式統一的綠皮車。（見下圖）

那年代，火車就是這個樣子，（動車和高鐵是 20 年以後的事情），前面是燒著煤噴著氣的蒸汽機車車頭（也有少許內燃機車），後面的車廂基本上都是硬座，少許臥鋪車廂與普通民眾無關。當時的中國大陸坐火車那真就是個坐，比這還不濟的那就只有站著——所以有「站票」出售（直到今天）。黃四寶赴京趕考、王彩玲到北京打探辦戶口的結果，直至後來倆人結伴進京，貌似都沒有座票〔註5〕。

---

〔註 5〕至少直到 1990 年代初期，無論你坐火車到多遠的地方，要麼買不到票，要麼即使買到，基本上也是站票。那個時候我離開家鄉到上海讀研究生，兩地奔波，對此深有體會。我讀過一個專欄作家沈宏非的一篇文章，講他當年到廣東上學，來回都是坐幾十個小時的火車，那還是座票，到了晚上睡覺的時候，特別希望自己脖子變得很長，長到能夠搭上那個六個人共用的小桌子，那就是非常奢侈的一種享受了。1990 年前後，我幾次坐火車往返內蒙古和上海，單程時間是 36 個小時，就那麼或坐或站熬過來的。直到 2000 年前後，我才見到並享用了臥鋪，當然，是硬臥——哪裏買得起軟臥。

　　其實影片的主旨不是懷舊，雖然不無這層涵義。所以上述這些寫實的細節無非是用影像框定 1980 年代中國大陸的社會時代背景，是為襯托、還原那個時代「三種青年」的群體形象服務的。只有理解了這一點，才會理解並接受他們的精神氣質，對後來故事的發展，才能有更深入的理解，進而把握導演的意圖。

　　《立春》我反覆看了七八次之多，每次只看一段，覺得每一場戲、甚至每一個場景都包含著厚重的時代氣質和精神內涵。譬如影片一開始，依次出場的男女主人公都是文藝青年的面目和形象，這一點的確打動了我，或者說刺痛了我內心最柔軟的地方，他們所面對的時代性困境和社會性矛盾，我是心有戚戚焉，相信許多人也有同感。

　　第一個出場的周瑜，雖說是個工廠裏開龍門弔的工人，卻是一個標準的文藝青年，最明顯的標識是會背誦幾句普希金的詩〔註6〕。

---

〔註 6〕那個年代但凡智商正常的，怎任誰不會這個？就像現今還有誰不知道股市樓市的行情？要是自己會寫詩，那就更是牛人一枚，傲視天下，是當時一種非常NB 的身份表達。當然今天你覺得它是個笑話。謂予不信，請朗讀如下詩篇：
　　　　你在夢囈中叫出但丁和我的名字／你上課做筆記下課抄寫我的文章／假日回家，向你父母朗誦我的詩歌／可你為何不說：父母啊／我已愛上一個詩人
　　　　盡快到你父母面前去讚美我吧／我英俊，機智，沒有疾病／好日子還未到來，好詩卻早已寫出／我多麼自信
　　　　沒有貴人資助我也要成功／那些幸福家庭，詩歌應當是餐桌上最好的菜／想讓孩子生在尊重詩人的時代是偉大的母親／懷念盛唐景象，誰還敢輕視詩歌的力量／那麼來支持我，甚至和我一起歌唱
　　　　讓你的父母同意我們結婚／並且到處去誇耀／啊，你們知道嗎／我的女兒，嫁給了一個詩人
　　　　　　　　　　　　　　　　　　　　　　　　──俞心樵：《祈求》[10]

　　第二個就是未出場先出聲的王彩玲，應該說，這是文藝青年的高級範兒：唱的是意大利歌劇，音樂家的頂級標配。然而，畢竟還是文藝青年的命：有實力，沒運氣，影片中只有她的文藝青年身份始終沒有改變。

　　第三個文藝青年就是黃四寶，男，工廠工人，最終也沒考上美術學院。相對於周瑜的外行「不著調」、王彩玲的高級「模仿秀」，黃四寶的文藝青年屬性最是專業：畫畫兒的；但結局最慘：既不能像周瑜一樣回歸普通青年行列，也不能像王彩玲一樣始終以文藝青年形象立身於世，最終成了坑蒙拐騙的 2B 青年。

圖片說明：1949 年後的中國大陸，所有社會成員都被其外在的社會等級所制約。譬如無論是美術家協會會員還是文藝愛好者，黃四寶、周瑜們實際上既不可能獲得真正的尊重也不被人認可，因為他們的身份是工人。

　　至此，我以為導演就要展開 1980 年代文藝青年悲歡離合的世俗故事了，沒有料到出現了第四個文藝青年：市群眾藝術館舞蹈教師，男，跳芭蕾舞的專業演員胡金泉。

　　這個人物跟前三位相同的地方，是同樣具有文藝青年最正宗的時代文化血統；不同的地方，是看上去他代表著舞蹈界的文藝青年，實際上這個人物形象比其他人更具有悲劇性品質。周瑜、王彩玲、黃四寶的命運，說到底屬於文化學意義上的形象概括，而胡金泉，由於他的性取向即同性戀身份，因此他面臨的困境和命運走向，又增加了一層社會學意義的標本讀解價值。僅從這一點說，認為《立春》的主旨是懷舊就有失偏頗。

　　周瑜會朗誦詩，還願意學歌劇，卻連個女朋友也沒有。王彩玲一心想調到北京專業唱歌劇，可一無門路二無姿色，所有的一切都是一個虛無縹緲的幻想。黃四寶雖說志存高遠，但架不住年年落榜。胡金泉和王彩玲一樣，雖然也是有正經職業的人，但是他們的社會處境和社會地位非常尷尬。這是所有文藝青年面臨的問題但大家都不自覺，因為這是個時代問題，那就是文化對立的尷尬：

　　周瑜熱愛的是普希金的詩歌，王彩玲鍾愛的是意大利歌劇，黃四寶是西洋油畫愛好者，胡金泉是芭蕾舞專業演員。四個人所熱愛的全部是極其典型的西方文化結晶或曰最高文藝形式的體現，他們所面對的現實卻是極其中國大陸本土化的社會處境。

　　譬如王彩玲和胡金泉，兩個人參加公益演出活動，一個唱歌劇，一個跳芭蕾，你看看圍觀群眾的反應，哪一個不把這一男一女當怪物看？哪一個不覺得這倆人神經不正常？看著觀眾們的眼神，用胡金泉自己的話說，就是「真想一頭撞死」。

你不知道我是这个城市的一桩丑闻
Don't you know that I am one of the scandals of this town

## 丙、精神世界與現實生活的失衡：1980 年代文藝青年的困境

　　造成 1980 年代中國大陸文藝青年身心困境最根本的原因，與其說是個人原因不如說是社會原因；與其說業餘文藝青年比專業工作者還糟，不如說他們的區別是五十步與一百步的關係。這些熱愛文藝的青年，或者說自視甚高的文藝人才，雖說心性、稟賦有異，水平高低有別，但現實處境卻有著驚人

的一致之處，那就是過得連普通人都不如。這一點，黃四寶的媽深有體會，那就是：

「白養活他二十七八歲了，從來沒見過他給家裏拿回一分錢！」

話說得雖然很俗但卻很現實：黃四寶每年到北京考試，這需要很大一筆支出，費用從哪裏來？有一個細節，周瑜送黃四寶進京趕考，黃四寶跟他說你去給我買盒煙來。抽煙喝酒是 1980 年代中國大陸文藝青年不約而同的行為模式之一，而當時的火車也是可以任意抽煙的──由此可見其經濟上的捉襟見肘。

王彩玲的社會地位和物質狀況比黃四寶要好，但這種相對寬裕與她的精神追求比起來，便顯得輕如鴻毛、不值一提。這裡邊的窮與富有兩個點。

一個，是她託了那個騙子給她辦北京戶口，對方要價三萬，（那時絕大多數人的月工資不過百八十塊錢，這個數目等於現今的三百萬），但王彩玲一口答應，只求辦成，絕不還價，而且願意再加。而平時她的生活，沒見什麼奢侈的地方，經常吃的東西是方便麵，以至於鄰居小張老師都看不下去了，可見這三萬塊錢是怎樣省吃儉用才攢出來的。第二，文藝青年周瑜非要跟著她學歌劇，王彩玲答應他的條件是一節課 10 塊錢──遠遠超出當時一般人的經濟承受能力。

其實這個價碼有兩層含義，一是想用高價來嚇走周瑜──王彩玲自知自己長得難看，但不好看的人，卻一定不會喜歡、不會願意與一個更醜的人為伍；第二層，說明王彩玲認為自己的藝術水平真就值這麼高的價錢。與已經功成名就的藝術家相比，默默無聞的文藝青年，他們的自尊心更強，渴望自身藝術價值變現的標準更高。

就此而言，王彩玲未必沒有賭氣的意思，因為她早把自己當成中國歌劇院首席女高音來看待了，至於身為師範學校音樂教師的王彩玲，那是個暫時

的身份。問題是，王彩玲隨時準備放棄的暫時身份，卻是周瑜眼中的一塊肥肉：同樣是文藝青年，中專教師的社會地位畢竟要比工人高，至少，看上去比較體面，聽上去更為得體。

最初我想為《立春》寫篇文章，想好的名字叫《文藝青年的墓誌銘》，後來一想，作為失敗者，他們何曾被人記住？他們的存在，其實只是時代浪潮中被沖刷到河床上的一塊小石子兒而已，他們的熱情和努力，連「夢誌銘」都算不上。

你看這四位，教音樂的、跳芭蕾的、學歌劇的、畫油畫的文藝青年，雖說有專業和業餘之分，（其中還有大齡文藝女青年），雖說都有自己的夢想，可是當時代潮流過去，他們都被打磨得面目全非。這固然是時代精神的寫照，卻更是他們悲劇命運的本來。

凡是經歷過中國大陸八十年代的人，想必都願意承認這四位代表著當時億萬文藝青年，或者說這四位是絕大多數青年的形象代言人〔註7〕。因此，如果只認可他們是文藝青年的時代屬性的話，那《立春》不足以動人，因為你我都是。真正的原因，是影片對他們的生活軌跡起降沉浮的全景式記錄和揭示。

〔註7〕上世紀八十年代的年輕人，有幾個不是文藝青年，或者有過文藝的夢想？當時有句流行的俏皮話，說樹上掉下一個樹葉，或者隔牆扔過一塊磚頭，都能砸到好幾個文藝青年。類似的說法，是十個青年，有八個是詩人──九十年代改成總經理，二十一世紀又變成「磚家」「叫獸」和「領導」了。

　　這是第六代導演或曰新左翼電影最了不起的地方，也是與第五代導演最本質的區別。譬如顧長衛導演《孔雀》，看上去講的是一家人的故事，其實不是；《立春》也一樣，如果說它是講故事，那講的是生命的故事、被錯位的人生故事。這也是我對第六代導演或曰新左翼電影的總體性評價：他們不約而同地把所謂的講故事上升到哲理的層面。

　　譬如王超的《日日夜夜》（2004），故事可以獨立，但主旨是討論生命的意義、人生的價值。這樣做的前提是首先能把故事講好，也就是低端敘事能夠成為高端敘事即哲理表述的基礎。換言之，講故事不會影響哲理層面的思考，反之亦然。《立春》就好像導演帶著觀眾一起回首自己的人生。這是一個藝術作品，尤其是電影藝術的最高境界。

これ要是开往巴黎的列车就好了
If only this was a train to Paris

　　看《立春》的時候，我看得看不下去，幾次停下來；因為，這就像一個人回憶自己的人生軌跡一樣，回憶歡樂、輝煌、痛苦、悲哀、挫折、希望與失望的時候，你不可能一口氣回憶完的，你會悲傷死的，或者，你會難過得喘不上氣來。這也是為什麼人們總是會不自覺地選取一個合適的場合、時機陷入回憶的原因。《立春》也是這樣，我幾次中斷停下來看，就是因為它裏面包含的信息實在太過豐厚。

　　也就是說，《立春》只是用了十幾分鐘，就讓你發現你不是看王彩玲的故事，或者那個比較二的朗誦詩歌的周瑜。你是在看自己。人生不滿百，誰無「二」時候？就像胡金泉自嘲時說的那樣：

「年輕的時候一根筋，就迷芭蕾，甚也不顧，昏天黑地的跳了
十幾年，想想真後怕」。

其實，凡是文藝青年，不論當時還是現今，共通的特徵就是這種一根筋
精神，或者說，有點「軸」或者「二」。

然而說到底，文藝青年畢竟不是普通青年，這也是《立春》的立意和境
界高出其他類似題材影片許多的地方。這四個文藝青年，不論他們的理想和
追求中個人的私欲佔有多少比重，他們畢竟不是流俗之輩，至少是不甘於淪
落流俗。譬如周瑜對歌劇藝術的追求不無庸俗的動機和成分，他的詩朗誦在
觀眾看來不無滑稽的成分，從他自己的境況來看又不無調侃的意味，但他不
想讓自己成為一個俗人卻不無真誠。

圖片說明：此截圖在收入《新世紀中國電影讀片報告》時被刪除，原因不詳（不
明覺厲）。

　　王彩玲，名字和自身姿色恰成兩個極端，是個難看得沒人要的老處女，但她天生異秉、才藝出眾、夢想遠大。黃四寶家境一般，貌似才華有限，但癡迷藝術，一直夢想考入首都的美術學院。胡金泉的芭蕾舞專業，本身就是小城市裏驚世駭俗的行當，更何況他還擁有一個更為驚世駭俗的身份，同性戀者——這是被當時的法律嚴加懲治的一種罪行，至少是被當作性罪錯來對待的，更不用說道德上的嚴厲譴責。

　　胡金泉曾對王彩玲感歎：

　　　　「我就像一根魚刺一樣，扎在很多人的嗓子裏……我真是個怪
　　物，像六指一樣」。

　　這個比喻，應該說既適用於他自己，也適用於包括他們四人在內、無論是男是女、美醜嫵妍的文藝青年。其實，若從哲學的角度上說，每個人的存在都可能是別人的眼中刺、肉中疔。譬如周瑜為了追求王彩玲，就把多年的哥們兒黃四寶比作「眼中釘」；黃四寶對此也心知肚明，說最不想我考上（美院）的就是周瑜，考上的話他會嫉妒：

　　　　「考不上對他倒是個安慰」。

　　這是文藝青年世俗的一面，但這種私欲實屬正常，道理很簡單：「人不為己，天誅地滅」。然而不論他們之間有怎樣醜陋庸俗的地方，譬如羨慕嫉妒恨，作為一個群體，他們在那個小地方里、大環境中，其存在本身，用胡金泉的話說，就是「一個醜聞」。

　　換言之，文藝青年雖說有俗人的一面，但他們並不想以俗人的面目苟存於世。就此而言，他們從來就不同流俗〔註8〕；也正因如此，他們才會那麼痛

─────────────────────

〔註8〕人在年輕的時候，誰都做過不同流俗的夢想，或者說每個人年輕的時候，都會
　　　　覺得自己不同流俗，更何況大家一起經歷過中國大陸火熱的1980年代。

苦。這種痛苦既指向他們的肉身,也直刺他們的心靈。歌唱中的王彩玲,是籠罩著光環、上帝派來的使者;舞蹈中的胡金泉,是高雅的、不用騎白馬的王子;手執畫筆的黃四寶,是人體美和藝術美的欣賞者、傳達者。但這改變不了他們同時又是世俗生活卑賤者的身份。

《立春》表現的,是那個時代文藝青年精神世界和現實生活的失衡狀態,他們不得不成為困境中的野獸。只不過,他們陷入的程度或淺或深,掙脫出來的時間或早或晚。總體上看,他們全是失敗者,只是方式不同:周瑜和黃四寶成為被打回原形的普通青年,而胡金泉以觸犯法律的形式、王彩玲以向世俗妥協的方式,成為今日所說的 2B 青年形象:堅持夢想,雖生猶死──以卑賤者的高傲姿態,永遠消失於時代的大潮中。

圖片說明:《立春》中的許多場景其實都蘊含著悲劇性的歷史和社會信息,而這一點甚至許多親歷者也未必都明白。在標語下歌唱和舞蹈的王彩玲與胡金泉們,至今代有傳人,只不過淪為大跳廣場舞的大爺大媽。

## 丁、一再打破觀眾心理預期的編導手法例舉

一般說來,第六代導演或曰新左翼電影的視聽語言,不應該成為一個被重點分析的對象,因為他們已經全面成熟,也就是個人風格已然形成,這源於第五代導演為之奠定的基礎。從這個意義上說,所謂兩代導演的視聽語言有相近相通的地方,譬如對固定長鏡頭、運動鏡頭以及追求構圖油畫效果的偏愛。這裡特別想表示讚賞的,是編導或曰新左翼電影的藝術表

現手法。《立春》顯然是一個正劇，而影片中讓人「悲欣交集」的場景設計，不能不作為刺探主題思想的管道略說一二，雖然這不是我擅長或熱衷的範疇。

第一，周瑜去找王彩玲，要拜師學唱歌劇，導演給了他一個鏡中的影像。鏡子中的周瑜顯得特別粗鄙、猥瑣，實際上是面露凶相，讓人觸目驚心卻又忍俊不禁。這與周瑜所謂的文藝青年身份和所謂文藝青年的精神世界形成巨大的反差。作為老師的王彩玲，歌劇藝術的職業教學者和高雅追求者，她的形象與周瑜倒不無般配，端的是面目醜陋，身材臃腫。

周瑜和王彩玲兩人的鏡象折射，形成一種審美上的反諷效果。倒是爐前工黃四寶，俊朗清純的外形，非常符合人們印象中的文藝青年形象。最靠譜的當然是專業舞者胡金泉，挺拔的身形與憂鬱沉隱的內心世界，相得益彰、映照生輝。

對周瑜、王彩玲二人反諷的形象失笑之餘，其實你應該想到，這才是中國大陸1980年代文藝青年正常的現象和形象反映。而且，從現今的角度，愈發襯托出那個年代文藝青年思想和精神世界的純潔。因為，人們的精神追求，其實一直與外表沒有必然的、整齊劃一的邏輯關聯。說白了，漂亮的未必就有追求，內心未必純潔；不好看的人，未必沒有美好良善的精神世界。

譬如鄰居小張老師，與王彩玲相比，說她豔麗非常還不足以表明其漂亮，但她骨子裏就是一個俗人，（所以影片給了她一個俗人必然的結局，那就是被自己的男人拋棄——你還不能抱怨編導沒有審美立場和傾向性）。王彩玲長得難看，你可以認知她卑微和庸俗的一面，但卻無從反駁她的高傲和潔身自好

的內在品質〔註9〕。周瑜倒是個表裏如一的文藝青年：內心的齷齪與外貌的猥瑣無縫對接。

這兩個例證，一方面說明時代和人物的真實可信，另一方面再一次證明，《立春》並非單純滿足於講故事，也就是說導演借助了故事，但沒有讓人陷入審美誤區。其實這種調侃和輕鬆在影片中的安排所在多見。又譬如，王彩玲為了黃四寶的藝術追求而奉獻裸露了自己的處女之身。模特擺的是一個古典西方油畫中常見的經典造型，即側臥時的人體曲線之美，可是其胸腹之間，有三道非常明顯的大肉褶子，於是畫面本身就形成一種調侃。

再譬如黃四寶再次落榜後，喝醉酒跑到王彩玲那裡痛哭失聲。王彩玲當時正洗腳，她本能地給他擦去淚水，擦完以後才發現拿的是擦腳的毛巾。還有，黃四寶遠走深圳後，周瑜到王彩玲那裡去說黃四寶的壞話；王彩玲面無表情地聽完後，便讓周瑜練「狗喘氣」，這本是訓練腹部呼吸的方式之一，但卻與人物的內心世界和外在形態形成一種呼應，效果奇佳。

---

〔註 9〕就是說你我的外表可能是平庸的、粗俗的、醜陋的，就像周瑜和王彩玲一樣，但精神、追求卻可以是純潔的、高雅的、神聖的。所以王彩玲的演唱才那麼動人，因為它不僅發自肺腑，而且深有體會。記得我年輕時跑到幾百里外的陌生地界去女朋友家，她妹妹給我開的門。後來她對我說真沒想到你這麼醜。如果我的這個例子你不服氣的話，還可以參考另一個：北京電影學院 78 級畢業 10 年後，同學們組織了一個「再聚首」活動，顧長衛被頒發了一個「容顏不改獎」，理由是「10 年前你就那麼醜，今天你還這麼醜」[11]。

　　第二，胡金泉帶領印染廠的女工排練所謂民族舞蹈，結果得到工會主席的大力表揚，說：

　　　　「胡老師你演得太好了，我剛剛從泰國回來，看了人家的表演，
　　你呀比那兒的人表演得好多了」。

　　顯然這是一個段子，而且經過了時代移植，因為 1980 年代的中國大陸還輪不到那些科級、股級基層官員去新、馬、泰旅遊；這些人專門去看人妖表演的熱潮，應該是 1990 年代初期的事情。這個移植當然是導演刻意為之的，要為胡金泉的 GAY 身份做一個自然的鋪墊。但鋪墊本身就是一個包袱：於觀眾，是一個「笑果」，（那些女工未必知道這層含義，但胡金泉知道）；對胡本人，又形成了他在大雪紛飛的夜晚無聲痛哭在邏輯上的行為銜接。

圖片說明：《立春》中的每一個人物，都有一系列極具衝擊感的畫面配合，其悲劇性的命運和荒誕意味彌漫其中。譬如這幅「風雪夜歸人」的景象並不僅僅屬於胡金泉：那個時代所有的人都在劫難逃。

　　顧長衛的電影之所以說好，就是因為能從總體上有意識地打破故事及其框架的束縛，《孔雀》就是如此。如果《孔雀》是用故事單純回顧過去那段歷史，那他就和一般文藝青年或導演沒有什麼區別。《孔雀》最震撼人心的，是把那個故事一直拉到當下：當年的女主人公，是當神一樣看待那個招兵的軍人的，多年後雙方再次相見的時候，那前軍官像狗一樣站在街頭，自行車前面帶著孩子，自己大口吃饃，庸俗、猥瑣。這種把夢想徹底打碎並用力摔到

你面前的手法，是《孔雀》精神最為集中之處。因為，如果導演是純粹緬懷過去的話，那片子的精神內涵也就僅僅趕上了第五代導演，譬如張藝謀 2010年製作的《山楂樹之戀》。

《立春》的出彩之處也是如此，導演把四個文藝青年後來的結局逐一交代，同樣用的是暗中發力、毀「敵」於無形的霹靂手段，就是把美好的東西赤裸呈現，讓你感覺不到、忽視了導演的敘事外在，充分調動觀眾的生活經驗和審美判斷。

因為，你環顧周圍會發現，這樣的人與事你已經看過無數次，文藝青年、普通青年乃至不無可愛的 2B 青年，其原始狀態和轉變過程從來都沒有從你的視野中消失，他們的故事甚至比電影中演繹的還要精彩萬分。譬如，影片快結束時，已經有了孩子的周瑜再次出場，文藝青年的長頭髮沒有了，卻添了一只有毛病的眼睛。稍加推測就會知道，這應該是黃四寶知道這位朋友的詐騙真相後，了結友情的「紀念」之作。

圖片說明：俗話說，每個暖水瓶都得有一個瓶塞。可憐一個大活人，就是找不到和自己搭配的生活伴侶。即使是靜態畫面，也能見出王彩玲內心的焦灼、困惑和無奈：從小王阿姨到中年王大媽的過渡。

因此，一方面，黃四寶後來成為一個坑蒙拐騙的婚介所老闆的社會身份，可以支持這種推論，另一方面，騙子黃四寶和文藝青年黃四寶依然留存著行為意識上的邏輯關聯：面對當年對自己刻骨銘心的戀人、志同道合的同路者，

黃老闆選擇了不去相認，但並沒有因此忘記吩咐手下，不要多收這個名叫王彩玲的顧客的錢。

人生在世，最大的悲劇之一，是當年的好友如今漠然相對，擦肩而過，甚至，心頭都不會蕩起一絲漣漪。王彩玲幾乎是臉貼臉地從黃老闆破碎的車窗前走過，她應該恍惚覺得這個人很像、很像那個誰，甚至腦海中會剎那間想起什麼。但這並沒有阻擋她過馬路的腳步，也沒有停下撕咬燒烤雞翅的咀嚼。這是《立春》勝過《孔雀》的地方。當年戀人，不相認，可曾忘？

導演對胡金泉最後結局的交代，也出乎我的預料。實際上這種出乎意料，從他請求以同性戀身份和王彩玲假結婚時就開始了。誰也沒想到，胡金泉用大庭廣眾之下假強姦的「事實」把自己「送進去了」。如果說，「犯事兒」之後的大段獨舞抒情，源自人物的性格邏輯，那麼，胡金泉對來到監獄看望他的王彩玲述說自己的「幸福」感受這場戲，要歸功於編導的合力創造：一個被視為「強姦犯」的男人，其社會地位和心理優勢，在那個年代的確要比一個同性戀者收穫的尊重更多、更正常。

這種處處打破你心理預期的地方很多，最讓我佩服的是對王彩玲的敘述。

假設影片安排王彩玲去墮落或暴富，都不為過，但那樣的話，影片也就沒有什麼可值得一看的地方了，因為毀滅了的東西已經沒有任何可以想像的空間。如果安排王彩玲終於有一天「唱進了」北京，站在「人民大會堂」裏，以中央歌劇院的首席歌手的身份一展歌喉、傲視塵世、睥睨萬眾，進而贏得粉絲無數，那，就不是第六代導演或曰新左翼電影的電影了。因為，第六代導演／新左翼電影最大的特點，是不撒謊。

　　因此，《立春》的結局與其是開放的，不如說是封閉的。最後的王彩玲到福利院抱養了一個有殘疾的孤女，然後辛苦謀生，準備與絕大多數普通女人一樣，就此平靜地了此一生。是的，這種決定是庸俗的，但卻是現實的。是的，我曾是一個狂熱的文藝青年，但現在我也當不成一個普通青年，而成為一個 2B 青年，還是女的。因為，我不僅收養了一個殘疾兒童，還要與孩子一起勇敢地活下去。更重要的是，我依然沒有忘記，我是中國唱意大利歌劇最好的首席女高音，我的舞臺是北京最高等級的音樂廳。

　　編導當然知道這一點，所以，片尾才打出如下字幕致意：

　　謹以此情此景獻給王彩玲

圖片說明：這個鏡頭的寫意性大於寫實：王彩玲和那些羊們並無區別，都是貨物和被宰割的對象。羊們可能感覺不到無形的歲月，但能感知有形的刀。人呢？歲月如紙張張薄，命運如刀，刀刀見血。

## 戊、結語

　　第六代導演之所以與第五代導演有代際之分，顯然不是因為導演自身的年齡和資歷這樣簡單的數學差異問題。如前所述，第六代電影或曰新左翼電影的特徵之一就是不撒謊，而這一點，借用一本評論其貢獻的訪談錄名稱最是通俗易懂、簡單明瞭，那就是《我的攝影機不撒謊》[5]。

　　1949 年之後的中國大陸電影，基本上淪為意識形態的宣傳品。而藝術一旦淪落如此，就意味著基本功能的缺失，譬如粉飾和偽造現實、無視真實、

公然撒謊，直至偽造人物、偽造歷史。也正因為如此，才為以第六代導演為代表的、不僅忠於歷史，也沒有背叛藝術良知的新左翼電影的出現預留了巨大、寬廣的書寫與表現空間。就此而言，《立春》既展示了文藝青年和普通青年的歷史性群像，也塑造了王彩玲這樣的 2B 青年形象。

　　2B 青年是一個近一兩年來才時興的網絡熱詞，據說最早源於「豆瓣網」的一個活動：「這個世界上，青年人分成三種：普通青年、文藝青年和 2B 青年」[6]；這「只是展示現代年輕人的三種生活狀態。不一定 2B 就是貶義，文藝就是褒義……每個人都會有文藝、普通和比較 2 的時候。2 是指一個人傻」[6]。此前已有網友指出，這個稱謂的含義已經「被引申了」，這是現今「這個社會上唯一的沒『良性』競爭的人才類型了，如果剝去智商低下這一條，保留其餘特徵，就是 2B 了」[7]。

　　就此意義上，有研究者指出，「《立春》塑造了新的人物形象」[8]。

圖片說明：剛剛發芽的柳枝，尚未開凍的土地。性與暴力，解釋了熱愛與背叛、渴望與絕望的關聯。這是「立春」時節的殘酷景象，也是《立春》中最具衝擊力的思想內核，畫面簡約但大有深意。

　　「不撒謊」其實就是藝術作品的真實性，這是一個曾經被中國大陸社會拋棄了幾十年的常識，對此予以恢復並全面回歸常識層面，這，就是第六代導演的革命性的首要含義；其次，才是底層性，或曰邊緣性，最後，是地域性。就《立春》而言，無論是人物還是故事本身，其真實性無可置疑，對過往那個時代的緬懷背後，還包含著對當下生活的審視。

1980 年代的文藝青年，包括導演自己，用幾十年的時光見證了當年的心路發展歷程。無論是成為占絕大多數的普通青年，還是依舊堅持下來、被人敬仰但已淪為 2B 的青年，很多過來人看到的不是故事，而是自己的影像。

影片中的主要人物，無論教師還是工人，都是中國大陸社會底層階級的中堅和代表，即使是配角，譬如王彩玲的鄰居，漂亮的小張老師，以她的資質和婚變經歷，應該是後來最早下海的那一批歌廳小姐。

《立春》為人物配置使用的方言是內蒙西部方言〔註 10〕，這又與影片的真實性首尾呼應。因此，即使導演是 1957 年生人，也不能改變影片第六代電影或曰新左翼電影的本質屬性；況且，本片的編劇李檣與絕大多數第六代導演一樣，生於 1960 年代 [9]。他們和許多人一樣，比影片中的那些人物幸運，但並沒有因此忘記為王彩玲們、胡金泉們、黃四寶們，乃至周瑜們樹碑立傳。因為，不論是過去還是未來，大家還得同呼吸、共命運。

圖片說明：廣場啊廣場，凡是從火熱的 1980 年代過來的年輕人，都會對這個廣場以及她所代表的一切感到熟悉、親切，或者哀傷。對王彩玲們來說，這是北京，更是一切希望、一生命運的代表。

---

〔註10〕這是《立春》給我刺激最大、感觸最多的一點。當年如果我考不上研究生、不能離開家鄉，我的結局肯定不會比影片中的四個文藝青年好多少。按照性格邏輯來說，我更有可能成為黃四寶那樣的人，因為我沒考上研究生之前，也有機會跟著一個身份不明的人去深圳……後來，像所有庸俗的故事一樣，一方成為業界強人，另一方成為非主流學者。

## 己、多餘的話

### 子、人物的命名思路

乍看上去，胡金泉這個名字似乎有編導調侃的意味，因為現今的觀眾大多熟悉香港導演胡金銓（1931〜1997）。開始我以為取這個名字，為的是沖淡這個人物身上的悲情意味。因為前面的周瑜、王彩玲和黃四寶都是俗氣逼人的普通姓名。後來一想，後邊的判斷對頭，前面的推測有點兒不靠譜。泉者，錢也。想來這位芭蕾舞教師，很可能出身於被當「四舊」掃蕩過的家庭，或者乾脆就是一農民子弟，反正來自底層，否則也不至於只能成為區縣級文化館的專業人員。

要說調侃，恐怕要落實在周瑜身上，「周瑜打黃蓋，一個願打，一個願挨」，誰不知道這個歇後語啊？這樣一看，黃四寶這個名字的誕生，就順理成章無懸念了。當然，不能真的叫「黃蓋」，叫「四寶」，就對了，這樣，他的家庭、出身，就與日後的橫行社會的「身份」有了邏輯關聯。

圖片說明：構圖當然是導演的得意之筆，但最讓我佩服的，是畫面的光、影效果，我甚至能從中嗅出那股陽光撲面而來的特有味道。這種味道，只有在內蒙古西部高原生活多年的人才會感覺到。

最有創意的當屬王彩玲。本來，「彩玲」是中國西部農家女子常見的名字，其採用頻率與彩鳳、秀英、紅梅、鳳霞等不相上下。這個本無問題。問題是，

與「彩玲」同音的「彩鈴」，作為一個通訊技術的專業術語，產生並流行於 2003
～2004 年，現今已成為連小學生都耳熟能詳的日常詞彙，流行甚廣。編導用
之於女主角頭上，顯然是有與當下社會發展接軌的意圖。

不管怎麼說，《立春》給人物取的姓名，都既有深意又有創意——你看那
個為了出名不擇手段的藝術類女生，被起的名字叫高貝貝，你能說——高分
貝，聲音大躍進——這裡沒有時代精神貫注其中嗎？

### 丑、內蒙西部方言

《立春》裏，人的聲音一出來我就倍感**親切**，開始還以為說的是陝西話，
因為第一時間想到導演是西安人。可是仔細一聽，覺得應該是內蒙西部地區
方言。這種方言在呼和浩特市又被稱為「此地話」，此稱謂不無歧視含義，與
官方頒布推廣的「普通話」形成對立，使用範圍主要是內蒙古的呼（和浩特）、
包（頭）二市，以及巴（彥淖爾）盟、伊（克昭）盟、錫（林郭勒）盟等地，
地處山西北部的大同也講這種方言，或發音與之接近。但我還是不敢確認，
因為這是我第一次在電影中聽到家鄉方言。為此我參照影片片尾提供的信息，
特地請教了包頭本地的警察，最終得以證實。

這是中國大陸電影的進步，也是顧長衛影片的新貢獻。因為《孔雀》的
故事背景地是河南安陽，人物講的是河南方言（具體地說，就是安陽話），到
了《立春》，又換了另外一種地方方言。

最旖旎的地方
(the most idyllic place)

　　單從這個角度上說，顧長衛要比其他始終只使用一種地方方言的導演，謀略更高一籌。譬如，賈樟柯系列電影中的地域性，當然是第六代導演作品地域性的體現，但他「從一而終」地使用山西（汾陽）方言的模式，畢竟有刻意為之的侷限。而顧長衛從《孔雀》到《立春》的發展，則在更高層次上、更好地體現了第六代電影地域性特徵的同時，其底層性又得到了進一步的豐富。至少，這個效果要比他使用陝西方言（或者西安話）要好。

### 寅、蔣雯麗的犧牲

　　我說的不是演員為了角色需要而增肥的問題，這裡指的是蔣雯麗對內蒙西部方言的純熟使用。我只看到蔣雯麗為了影片拍攝而學習歌劇演唱的材料，並沒有看到學習內蒙方言的信息。如果不是後期他人配音，那蔣雯麗的表演讓人更加佩服，語言學習的功力值得稱道。

　　所以一開始，我以為蔣雯麗是北方人，後來一查，才知道人家是安徽人。在我的理解和觀念中，安徽絕對屬於南方，（這是我多年來一直堅持的、可笑的主觀認識）。那麼，顧長衛和蔣雯麗的結合，無論從世俗的角度，還是藝術創作的層面，都屬於南北文化優勢互補的最佳搭配結果。

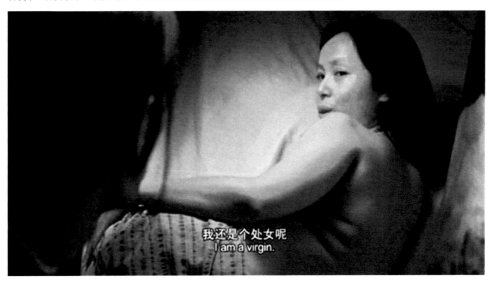

### 卯、影片音樂配置

　　《立春》音樂配置顯然花了很多心血，或者說是非常專業。這個，你只要把片尾列出的那些歌劇片段和藝術歌曲挨個數過來，就會承認，用得的確特別到位。

對於一般觀眾來說，這個可能看不出什麼特別的道理，只是覺得它特別好。但稍加琢磨，就能體味出很深的地方，譬如所謂情景交融。更讓人感歎的是，這些音樂，尤其是西洋古典音樂，用在中國北方的城市，譬如包頭的外景上，並沒有讓觀眾產生「隔」的感覺。也就是說，中、西文化上相互交融，將影片中四個文藝青年的精神世界和外部客觀環境形成奇妙的對接。

譬如胡金泉為了向別人證明他的「正常」，從而用極端的方式「以身試法」這場戲，群眾藝術館內的排練，一開始切進來的時候，全部是刻意表現這幫女人的腰臀，視覺衝擊效果很強，（而他之所以選中小宋，是因為後者的局部特徵在整個橫移的鏡頭當中特別明顯，乃至於有人竟覺得她胸前凸點了），此時配的《鄉村騎士》旋律，成為聽覺配合。與此相應的視覺配合，是兩人從排練場到男廁所這一段兒，光線的明、暗對比交錯，聽覺和視覺的起伏，與人物內心的情緒相呼應。

這段音樂用得特別貼切和到位，哪怕是不懂歌劇的人也能理解他的情緒，特別複雜的情緒。因為胡金泉在此之前，有一段跟王彩玲假結婚不成，然後在大雪飛揚當中一路無聲痛哭的戲。（第六代導演作品或曰新左翼電影的底層性，指的是替邊緣群體尤其是弱勢群體說話，胡金泉顯然符合這個標準，因為在 1980 年代，同性戀者不能被中國大陸的世俗觀念和道德、法律所允許，這些人的生活和命運很是不幸）。

圖片說明：從某種程度上說，監獄也是人生可以選擇的處所之一。這裡同樣也沒有絕對的自由、安全和健康保證，但有一點可以相對肯定，那就是嚴格的作息時間、行為限制和當下身份的法律確認。

### 辰、「剩男剩女」

2010 年以來中國大陸社會聲勢浩大的所謂「剩男剩女」現象，其實並不是今天才有的，實際上早在 1980 年代就有類似的社會現象和社會問題。兩者相似相通的地方是，今天這些無法成婚的青年男女，並不是不具備結婚的條件，也就是世俗層面的物質條件夠格，而他們之所以尋找不到對方，其中一個重要的原因是他們的精神追求和品味，總體上不肯流於世俗，但同時又成為世俗生活的犧牲品。說到底，不甘平庸造就了他們最終的平庸，成為被婚姻排斥的「另類」群體。

譬如，周瑜本身就是普通青年，結婚是早晚的事情；其他人，譬如黃四寶、王彩玲，實際上都不會為了婚姻而與人湊合；至於胡金泉，他當年面臨的困惑，至今還是一個社會性的禁忌，並為法律所不容。就此而言，這是第六代導演或曰新左翼電影非常可貴的一點：真實反映關注原生態生活的同時，關注弱勢群體，也就是對當下的生活有著深刻的批判和反省意識。

因此，《立春》並不是一個單純講述過往時代文藝青年的故事，而是說，他們的那種精神氣質貫穿始終，從而以另外一種形式注入當下的現實生活並頑強表現出來。〔註 11〕

初稿日期：2012 年 7 月 8 日
初稿錄入：李豔
配圖日期：2013 年 5 月 1 日～3 日
圖文修訂：2016 年 3 月 29 日～4 月 3 日
新版修訂：2017 年 4 月 29 日～5 月 1 日
新版校訂：2020 年 3 月 29 日

---

〔註 11〕本章的甲、乙、丙、戊，以及丁的最後一個自然段約 8000 字（不包括己、多餘的話），最初曾以《1980 年代內地文藝青年精神世界與現實生活的失衡——以顧長衛 2008 年導演的〈立春〉為例》為題，先行發表於《成都大學學報》2013 年第 2 期（四川，雙月刊）。現今的全文一年後作為第八章收入《新世紀中國電影讀片報告》，但正文和圖片均有所刪節或刪改。此次新版，不惟全數恢復（文字以黑體標示，圖片附加說明），還新增專業鏈接 4：影片經典臺詞、篇末的英文摘要，以及影片 DVD 碟片的三幅圖片和並列排版的八組（16 幅）影片截圖。特此申明。

圖片說明：幾十年來，許多外地人一說到內蒙，就會提到「藍藍的天上白雲飄，白雲下面馬兒跑」。告訴你吧，藍天、白雲、馬，我都見過，但就是從沒見過草原。真正的內蒙景象，就像這張圖片一樣。

## 參考文獻：

〔1〕百度百科〔EB/OL〕.http://baike.baidu.com/view/25702.htm# sub5798129，〔登陸時間 2012-01-05〕.

〔2〕百度百科〔EB/OL〕.http://baike.baidu.com/view/372948.htm，〔登陸時間 2012-07-01〕.

〔3〕顧長衛，楊遠嬰，梁明，李道新.新作評議——《立春》〔J〕.當代電影，2008（3）：22～28.

〔4〕網易〔EB/OL〕.http://news.163.com/10/0524/18/67FHAIC300 01125P3.html，〔登陸時間 2012-07-12〕.

〔5〕程青松，黃鷗.我的攝影機不撒謊：六十年代中國電影導演檔案〔M〕.北京：中國友誼出版公司，2002.

〔6〕百度知道〉教育／科學〉升學入學〉高考：同問普通、文藝和 2B 青年是什麼意思？最開始的出處是哪裏？〔EB/OL〕.http://zhidao.baidu.com/question/365993953.html（2012-01-12 ）〔登陸時間 2012-12-05〕.

〔7〕百度知道〉電腦／網絡：文藝青年、普通青年、2b 青年到底是什麼意思？〔EB/OL〕.http://zhidao.baidu.com/question/338831539.html（2011-11-06）〔登陸時間 2012-12-05〕.

〔8〕張民.《立春》：理想主義者的墓誌銘〔J〕.北京：電影藝術，2008（2）：

23～26.

〔9〕YNET.com 北青網〉〉北京青年報〉〉李檣坦然迎接黑暗〔EB/OL〕. http://bjyouth.ynet.com/article.jsp?oid=43046859（2008-09-11）〔登陸時間 2012-12-07〕.

〔10〕俞心焦.祈求〔J〕.北京：語文教學與研究（教師版），2006（7）：1.

〔11〕新浪網〉《顧長衛：幕後攝影技藝絕，孔雀開屏華采綻》〔EB/OL〕.http:// ent.sina.com.cn/x/2005-12-10/0847923773.html（2005-12-10）〔登陸時間 2012-12-06〕.

## 2008：And the Spring Comes—Hopeless Singing

Read Guide：Depicting a group of four young people, living in 1980s, who loved arts, the film aims at not only reminiscing, but linking the spirit of the old age with nowadays society, based on a clue of cultural logic. This design embodies revolutionary character of the sixth generation directors once more, which means to emphasize reality and marginalization. People like Zhou Yu and Huang Sibao returned to their original lives because of following the trend of the time, and resumed their quality as ordinary young people. Hu Jinquan and Wang Cailing held fast to dreams, gained new life, who are called "2B young guys", a buzz word online at present. *And the Spring Comes* uses Inner Mongolia dialect from beginning to the end, which shows the progress of GuChangwei, and adds the feature of localization to the work of the sixth generation film directors.

Keywords：1980s; humanity landscape; three types of young people; young people who love arts; Inner Mongolia dialect

圖片說明：在中國大陸市場上公開銷售的《立春》DVD 碟片。

# 2009 年：《三槍拍案驚奇》
## ——新市民電影盛裝復活

圖片說明：在中國大陸市場上公開銷售的《三槍拍案驚奇》DVD 碟片之封面、
封底。

內容指要：

　　早期中國電影歷史上的新市民電影出現於 1933 年，就其保守的政治立場來說，
明顯有別於一年前出現的、持激進態度和革命立場的左翼電影，而新市民電影奉行的
新技術主義原則，以及對流行文化和時尚元素的大力吸收、借用後形成的庸常思想品

質，又與左翼電影的階級性、暴力性和宣傳性特徵迥然不同。套用上述理論模式就會發現，張藝謀 2009 年導演的《三槍拍案驚奇》，代表著 2000 年以後中國大陸電影生產對 1930 年代新市民電影的全面翻版和復活傾向。

關鍵詞：張藝謀；第五代導演；新市民電影；模式；新技術主義；高票房；

專業鏈接 1:《三槍拍案驚奇》(故事片,彩色),2009 年出品;DVD,片長 94
　　　　　分鐘,根據美國科恩兄弟的電影《血迷宮》改編。2009 年 12 月
　　　　　10 日中國大陸首映。

　　　　　〉〉〉**編劇**:徐正超、史建全;**導演**:張藝謀;**攝影指導**:趙小丁;
　　　　　　　**錄音**:陶經;**美術**:韓忠;**剪輯**:孟佩璁;

　　　　　〉〉〉**主演**:孫紅雷(飾張三)、小瀋陽(飾李四)、閆妮(飾老闆
　　　　　　　娘)、趙本山(飾巡邏隊長)。〔註 1〕

專業鏈接 2:影片獲獎情況:
　　　　　2010 年獲首屆華語電影金榜單第三名[1]。

---

〔註 1〕片頭字幕:出品:北京新畫面影業有限公司、安樂〈北京〉管理諮詢有限公司;
　　　根據電影《血迷宮》改編;監製／出品人:張偉平、江志強;領銜主演:孫紅
　　　雷、小瀋陽、閆妮;主演:倪大紅、程野、毛毛;特別感謝:友情出演:趙本
　　　山;編劇:徐正超、史建全;文學策劃:周曉楓;攝影指導:趙小丁;美術:
　　　韓忠;錄音:陶經;作曲:趙麟;剪輯:孟佩璁;製片統籌:張震燕;製片主
　　　任:黃新明;導演:張藝謀。片尾字幕:(略)。(以上字幕錄入:劉慧姣)

專業鏈接 3：影片鏡頭統計：

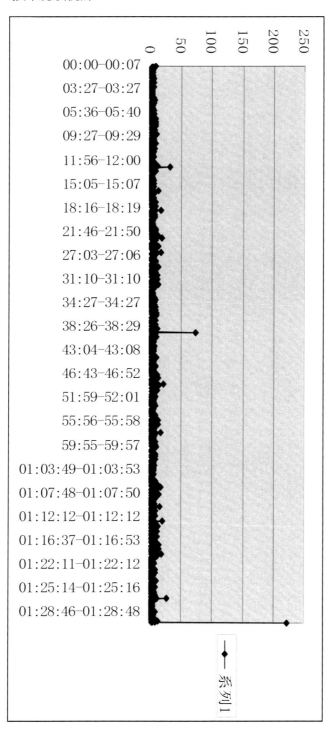

說明：全片時長 94 分鐘，共計 1615 個鏡頭（不含片頭、片尾）。其中，小
　　　於等於 5 秒的鏡頭 1375 個，大於 5 秒、小於等於 10 秒的鏡頭 208 個，
　　　大於 10 秒、小於等於 15 秒的鏡頭 21 個，大於 15 秒、小於等於 20
　　　秒的鏡頭 8 個，大於 20 秒、小於等於 25 秒的鏡頭 0 個，大於 25 秒、
　　　小於等於 30 秒的鏡頭 1 個，大於 30 秒、小於等於 35 秒的鏡頭 1 個，
　　　大於 35 秒、小於等於 1 分鐘的鏡頭 0 個，60 秒以上的鏡頭 1 個。

（數據統計與製圖：田穎；覆核：李棗雄）

**專業鏈接 4：影片經典臺詞**

「槍，這是人類最偉大的發明，高端技術產品，人性化設計。你
只要動一下手指頭，啪，Must die」——「馬？馬啥？」——「Must die」
——「他說馬死得快」——「啥意思啊？」——「馬死的都塊，人死
的更快。厲害！」

「靠譜。How much？」——「Ten 貫」。

「這輩子，我能擁有一件世界上最高端技術的產品，我也能雷倒
眾生了」。

「誰給你賞錢了？這不欠你一年工錢嘛！」

「哎呀媽呀，大人鼻子這麼好使呢，趕上軍犬了」——「別糟踐
軍犬！不是，糟踐大人！」

「搜！」——「搜啥呀？」——「炮！」——「什麼炮？」——
「piao 炮！」

「目前，抓生活作風問題，是我們的工作重點」。

「這些日子我都鬧死心了，我挺不住了，咱倆分手吧！」——「為
啥？」——「讓人知道，唾沫星子都把咱倆淹死了」——「吐唾沫就
能把人淹死啊？走自己的路，讓他們吐去吧！」

「作為一個女人，我就夢想著能有一副肩膀依靠，可我找不到。後來我遇到你了，我以為我找到那副肩膀了，那成想是個假肢，還是個次品！你白瞎我對你一片真心了」。

「陳七請注意，你可以藐視我的行為，但是你能想出更好的辦法解救我的工錢嗎？回答！」——「我不回答！此處可以插播廣告，不要回來，馬上離開！」——「我不離開！」

「不行，你這不典型拉攏青少年下水嗎？」——「你可拉倒吧，你還青少年呢？就你這年齡，在我們村，孩子都出去打工了。起來！」

「誰呀？你跟誰說話呢？」——「投石問路，打草驚蛇」——「你是不是幹過？這麼有經驗呢？」——「別誇我，我也是摸索著前進」。

**專業鏈接 5：影片觀賞指數（個人推薦）：★☆☆☆☆☆**

## 甲、前面的話

根據美國科恩兄弟的電影《血迷宮》改編、由張藝謀導演的影片《三槍拍案驚奇》，2009 年 12 月 10 日於中國大陸首映，當日票房收穫 2100 萬人民幣，截止當年 12 月 26 號，票房累計 2.56 億人民幣[2]，最終票房數額為 2.6 億人民幣[3]。與此不對稱的是，影片僅獲得 2010 年一個名不見經傳的小獎：首屆華語電影金榜單第三名[2]。

有學者評論說，張藝謀的《三槍拍案驚奇》，「幾乎在媒體的一片罵聲之中……仍然創下了很高的票房……似乎完全重演了 2002 年《英雄》出現時的景象」[4]。因此，有學者認為，「《三槍》在某種程度上也就成為了一個『事件』電影」[5]。

　　還有學者指出，「三槍」是「地道的中國電影、地道的大眾電影、地道的張藝謀電影」，其「消費性喜劇與驚悚的裏層，還隱藏了一個典型的張藝謀電影思想主題，還有一片空白藝術空間」[6]。對此，有學者已經給出答案，那就是，導演拍攝「三槍」的「直接動機」，是「讓自己多年來一直追求而未遂的好看又解氣的雙重效果真正落實到俗的層面上」[7]。然而，正像一位導演兼學者指出的那樣：「張藝謀和科恩兄弟的差距是歷史的必然」[8]。

　　這裡的「差距」，與中美文化及其「歷史」一樣，複雜得一時無法條分縷析。其實，也用不著費這方面的工夫，因為沒有必要。現如今的結果是，無論是製片方，還是那些試圖從這個片子上獲得各種利益的群體和個人，《三槍拍案驚奇》的投資和回報都沒有問題，可以說是皆大歡喜，因為有票房的支撐、市場的體量擺在那裡，大家有目共睹。從個人觀賞的角度說，我的直覺是，這部影片對張藝謀本人損害最大的，是他的藝術家的名聲。

　　而類似的意見，最解氣的說法是，影片是「張藝謀、張偉平、趙本山『合謀』的結果，贏家是張偉平、趙本山，而不是張藝謀」，張藝謀「是最大的輸家」[5]；因為，這部影片的「主創班底」是：「總導演：趙本山，執行導演：尚敬；編劇：徐正超 + 科恩；攝影：張藝謀」[5]。

　　既然如此，我對影片的興趣點，便由張藝謀與 1980 年代以來中國大陸電影歷史交集的討論，轉向 2000 年以後新市民電影的復活事實本身上來——而這，應該成為中國電影歷史與理論研究不可忽略的一部分。

這是人类最伟大的发明

圖片說明：所謂爛片，有一個衡量標準，那就是你日後再翻看時，要麼罵得比當時還狠，要麼就奇怪，當初自己為什麼會看這種東西。注意，無論是罵還是覺得奇怪，都是針對自己而不是別人。

## 乙、中國電影史上的新市民電影

　　眾所周知，1930 年代是中國電影的黃金時代。這種認定的標準之一，就是電影生產和電影市場的多元化。幾十年前中國大陸的電影史研究就承認，1930 年代初期，是「中國電影創作的一個轉變過渡時期」，主要標誌就是左翼電影的出現[9]。近十年來，後來的研究者們稱之為「新興電影」（運動）[10][11][12]，或「新生電影（運動）」[13]。

　　無論稱謂有何異同，認為這一時期的電影與以往的電影有新、舊之別，是研究者們的共識。問題是，新電影之前的國產電影如何看待？僅僅視為舊電影嗎？它為何被後來的新電影替代？同時，舊與新有何關聯？顯然，從常識上說，新、舊有別，但更有聯繫、連結，因為「陽光之下無新事」（《聖經‧舊約》），電影藝術的發展更是如此。

　　根據現存的、公眾更可以看到的電影文本分析，1932 年之前的中國早期電影都可以被看作是舊市民電影，其主要特徵是，倫理性（倫理教化）、低俗性[14]、娛樂性。簡而言之，是一種市民文藝[15]。新電影和新電影時代，在舊市民電影晚期就有萌芽和新景象出現，它們與舊市民電影是承前啟後的關係[16]。

圖片說明：左翼電影的暴力性，通俗地說就是影片中的死亡一定源自階級暴力：左翼電影成功地將舊市民電影的個體暴力提升轉化為群體暴力即階級暴力。圖為孫瑜 1932 年編導的《火山情血》（故事片，黑白，無聲，聯華影業公司出品）。

　　另一方面，1932 年出現的左翼電影[17]無疑是新電影，但新電影卻並非只有左翼電影一家[18]，1933 年出現的新市民電影就是另一種類型或形態的新電影[19]。此外，新電影中還有同時期出現國粹電影（前幾年我稱之為新民族主義電影或曰高度疑似政府主旋律的電影）形態[20]；1936 年的國防電影（運動），也是如此——它是左翼電影的升級換代版本[21]。當然，現在公眾未曾見識的「軟性電影」也應該被劃入新電影類型（形態），因為其主旨亦與左翼電影大異其趣。

　　左翼電影的主要特徵是階級性、暴力性和宣傳性（新理念），反抗主流價值觀念，對外主張抗日，對內主張階級鬥爭，其暴力性源於舊市民電影[22]。新市民電影代表作是有聲片年代第一部高票房電影《姊妹花》[23]，它承接了舊市民電影的政治保守立場，與左翼電影的激進立場相異，但有條件地抽取左翼電影的思想元素以迎合市場需求[24]，但並不與主流價值發生衝突。

　　正因如此，當社會形勢變動，即抗戰全面爆發前後，左翼電影先是被國防電影取代，然後不能容身於淪陷區，只有在 1949 年後才得以被片面繼承並有指向地發揚光大[25]，直至 1990 年代第六代導演的出現[26]，才又在中國大陸重見天日，（我稱之為新左翼電影）。

圖片說明：左翼電影的暴力，對內指向強勢階級或統治階級，對外指向日漸擴大的日本侵略。因此，左翼電影率先發出抗日呼聲並成為 1930 年代新電影的代表。圖為孫瑜 1933 年編導的《小玩意》（故事片，黑白，無聲，聯華影業公司出品）。

　　新市民電影的政治保守立場並不意味著像舊市民電影一樣，一味迎合和取悅意識形態，甚至成為自覺自願的衛道士，而是與之拉開距離，盡可能地吸收融合一切可以取用的資源和元素。這是 1933 年新市民電影崛起、與左翼電影二分天下的制勝法寶。但這也僅僅是新市民電影獲得市場認可的一個方面，或者說是第一個特徵——這個特徵，也可以稱之為政治投機性。

　　新市民電影的第二個特徵或曰制勝法寶，就是奉行新技術主義原則，即盡可能地、最快地大量使用新技術。當初《姊妹花》一炮走紅，靠的就是當時電影新技術，即電影的全面有聲化，片頭的廣告語是「全部對白歌唱有聲巨片」——實際上並沒有「歌唱」；有意思的是，這個空白被有聲片時代的第二部高票房電影《漁光曲》填補，迄今許多觀眾未必看過影片，但其插曲卻是耳熟能詳。

圖片說明：晚於左翼電影一年出現的新市民電影，同屬 1930 年代初期出現的新電影（形態）。新市民電影中的暴力，皆屬偶然，主旨是都市文化的娛樂性消費。圖為 1933 年夏衍編劇、張石川導演的《脂粉市場》（故事片，黑白，有聲，明星影片公司出品）。

　　新市民電影的第三個特徵就是鬧劇和噱頭的廣泛應用——現今前一個詞依然流行，後一個被「搞笑」替代——其實這一點源自舊市民電影的低俗性特徵，而這一特徵元素也同時被左翼電影所繼承，（1949 年後的中國大陸電影則將其完全剔除淨盡，直至 2000 年後全民娛樂時代的到來）。

　　新市民電影的第四個特徵同樣來源於舊市民電影的低俗性，只不過將其昇華為社會、人生的庸常性表達[27]，而這一點，也同樣被 1949 年後的中國大陸電影全面拋棄，（實際上是被徹底批判否定）。

　　如果說，1930 年代的電影有聲技術和歌舞元素是當時電影市場的新賣點，市場招徠效應並不亞於左翼電影的新理念和新人物形象，是新市民電影的外在形式，那麼，庸常性就是新市民電影內在品質的保證。正因如此，1930 年代中後期，新市民電影成功跨越不同歷史時空（和地緣政治的阻隔）並發展壯大，直至 1949 年後全面轉進香港，進而成為中國電影黃金時代的全面繼承者和中國電影精神脈絡的全盤體現者。

圖片說明：新市民電影有條件地抽取借用了左翼電影的思想元素，譬如人物的階級性，但因其主旨與左翼電影相異，所以又以超階級的人性將其屏蔽，鄭正秋 1933 年編導的《姊妹花》（故事片，黑白，有聲，明星影片公司出品）即是例證。

## 丙、《三槍拍案驚奇》的新市民電影特徵

依照上述理論模式，《三槍拍案驚奇》是典型的新市民電影無疑。首先，影片在意識形態立場上的保守性，決定了它絕不和官方價值標準對立，同時，又與 1990 年代出現的「主旋律電影」刻意保持距離。

譬如，影片既沒有「在黨的正確領導下」的「革命群眾鬥爭歷史」，也沒有反映「火熱的社會主義現實生活」，抑或當下人民群眾家長里短的幸福情景。因為，影片的時代背景特徵「不是那麼具體」、「不是那麼寫實」[1]。因此，如果有觀眾想考證影片的時代背景，對不起，這個真沒有。你說它是明朝的？清朝的？清末民初的？抑或是漢、唐、宋、元？答案都可以含混說通。

顯然，這樣刻意模糊時代背景的目的，就是為了最大程度上規避政治風險，這樣，不論影片的表達如何出位大膽，也與當下無關，讓你一點毛病也挑不出來。具體地說，你不能指望它會有一些出位的、新鮮的、另類的立場表達，如同第六代導演的代表作品**或曰新左翼電影**那樣。但同時，它又要打擦邊球，就是在被允許的範圍之內，盡可能地從社會形態的軟肋下手，獲得觀眾的支持，進而擴大和佔領市場。其實，製片方當初買斷原作版權並廣而告之，看似市場賣點，實際上是立場不被質疑的品質保證策略。

譬如 2004 年的《天下無賊》（馮小剛導演）就是這樣的例證：竊賊拍著自己豪車的車門質問向他敬禮的大門保安：

> 「開好車的一定是好人嗎？」

這與其說是一句特定情境下的臺詞，倒不如說是現今中國大陸社會公眾意識和現實認知的一個共同反映。但是這句話不能正面說。看完電影，你會覺得這是一個連西方人都膜拜不已的社會，因為連小偷扒手都有這麼高的思想覺悟，寧可去犧牲自己性命也要保護弱勢群體的民工兄弟帶著錢財安全地回家過年。人們會自然而然地得出一個結論：連一個賊都具備這麼高的道德境界，這個國家其他群體的品質那就更加無可置疑。〔註 2〕

新市民電影的第二個特徵即新技術主義原則，也可以被《三槍拍案驚奇》印證。

---

〔註 2〕其實這句話的潛臺詞是現如今所謂的成功者有太多洗不清的原罪，而這一點與以往的歷史一樣成為一筆糊塗賬。《天下無賊》這句臺詞正表現了它的保守立場和投機性質。第六代導演的作品之所以有很多成為「地下電影」，就是因為它對社會現實的懷疑、批判和否定，尤其是對當下體制中弱勢群體的存在甚至都不能進入公眾視野現象的反抗，譬如《安陽嬰兒》（2001）和《盲井》（2003）。

　　沒有人能夠否認，這是中國大陸電影製作中最新技術與最高技術等級標準的體現。實際上，就張藝謀個人的創作而言，其肇始和具體應用是 2002 年的《英雄》。當時我就意識到了這一點：

　　《英雄》的畫面、音響、技術手段等視聽風格，無不與當時國際最時尚的等級和高度看齊。但要命的是，它包裹著一個陳腐的內核，這就是新市民電影很可怕的一點──從歷史上看，新市民電影的庸常性根本無法與左翼電影的先鋒性相提並論。《英雄》上市後，高票房與板磚齊飛而且共創新高，便再次證明了這一點。

　　就此而言，《三槍拍案驚奇》不過是《英雄》在技術層面的升級版而已。抽去了靈魂的藝術作品無論看上去怎樣華貴絢爛，也只不過是一個花架子，雖然是頂級標配。

圖片說明：新市民電影的時下特徵之一，就是時代背景模糊。換言之，肆意進入、任意點染的時空和人物形象。這樣做的最大好處就是最大可能地規避意識形態的當下介入，爭取和佔領更大市場空間。

　　新市民電影的第三個特徵，是對包括噱頭、鬧劇、打鬥乃至革命思想等流行文化和時尚元素的容納、借用和吸收──很多研究者之所以常常把新市民電影與左翼電影混淆看待，就是因為前者借用、抽取了後者的模式或元素，（而不是吸收左翼思想整體）──

　　那麼，2009 年的《三槍拍案驚奇》，對大眾文化尤其是流行文化元素的容納、吸收有目共睹。最顯著的例證就是東北地方戲曲「二人轉」的移植借助──近二十年來，由於中國大陸官方主流媒介的大力倡導，「二人轉」幾乎成為東北文化的一個代表。

　　此外，網絡用語、流行詞語、惡搞、明星、偶像，除了影片最後那首陝西風格的方言 Rap 即《舅舅、木頭》屬張氏獨有，市面上流行的時尚元素幾乎被影片一網打盡。張藝謀也承認：「《三槍》是喜、鬧、瘋……《三槍》一開始一點不像我的電影，除了有強烈的視覺風格，基本上不像我以前的電影」[1]。

　　評論家解釋說：「《三槍》可以說是把喜劇小品文化發揮到了極致。張藝謀導演自己都說，《三槍》就等於是 30 個喜劇小品……最終，應了一些觀眾所言，《三槍》更像是一個電影版的春節聯歡晚會，是加長版小品」[5]。

　　新市民電影的第四個特徵，是對庸常人生的觀照和表達。如前所述，這也是被 1949 年後的中國大陸電影屏蔽、剔除的電影品質之一。如果說，《三槍拍案驚奇》是張藝謀對中國電影有所貢獻，那也就是指這一點。歷史上，新市民電影的這個特點，作為優點但同時又是其致命性缺陷所在，這就是它所遵循的一套庸俗人生哲學。

　　新市民電影對庸俗理念的藝術表達彌補了左翼電影的不足，因為後者更關注理念的理性傳達和新的人物形象塑造，對庸常層面的人生表現相對缺乏。這是 1930 年代中國左翼電影的歷史性缺陷，如果說，1936 年出現的國防電影（運動）和次年爆發的全面抗戰使得電影工作者們無暇糾正偏差，那麼，1946～1949 年的國共內戰（「解放戰爭」）又中斷了這一修正工程。因此，罔顧世俗民生、貫穿政宣教化的弊病和缺陷在 1949 年後的中國大陸被發揚光大。〔註 3〕

　　但新市民電影這種庸俗哲學或者對庸常人生的表達，必然決定了它的層面有限。這也是《三槍拍案驚奇》致命的缺陷。正如有的學者所言，那些被喚作張三、李四、王五的人物「指稱」，「被抽調了任何具體的意義，都是一些空洞能指，指向一些被抽離出普遍性的人性的表徵，遠遠沒有了《菊豆》中那種確定性的文化含義」[4]。正是因為影片的這種「對於人性的來自民間的荒誕感和喜劇感」，決定了其「一種無所謂的平民化的找樂的品位」[4]。

---

〔註 3〕對這一問題的系統討論，請參見拙著《黑白膠片的文化時態——1922～1936 年中國早期電影現存文本讀解》，上海三聯書店 2009 年版）。一個作品給了你思想上的啟蒙和新的東西，但同時又使你忽略和無視生存層面的現實，這是很要命的。這就好比一個人有屠龍之技，但是不會買菜做飯一樣糟糕。這就是隨後興起的新市民電影難能可貴的地方，也是自那時起，一直到現在都應該被充分肯定之處，（對這一問題的系統討論，請參見拙著《黑夜到來之前的中國電影——1937 年現存國產影片文本讀解》，中國廣播電視出版社 2012 年版）。

圖片說明：《三槍拍案驚奇》中的時空與人物是分裂的，與其說是穿越，不如說是剪貼成型。這是因為，其庸常哲理的表述對時空沒有嚴格要求，既然導演能做到這一點，那麼消費者也就不會在意。

## 丁、結語

從 1980 年代的《紅高粱》（1987）、《代號美洲豹》（導演之一，1989），到 1990 年代的《菊豆》（1990）、《大紅燈籠高高掛》（1991）、《秋菊打官司》（1992）、《活著》（1994）、《搖啊搖，搖到外婆橋》（1995）、《有話好好說》（1996）、《一個都不能少》（1998）、《我的父親母親》（1999），再到 2000 年以後的《幸福時光》（2000）、《英雄》（2002）、《十面埋伏》（2004）、《千里走單騎》（2005）、《滿城盡帶黃金甲》（2006），直到《三槍拍案驚奇》之後的《山楂樹之戀》（2010）和《金陵十三釵》（2011），張藝謀的創作歷史，與近三十年來的中國大陸電影歷史多有交集，幾乎是一部中國大陸電影簡史。這種「現象級人物」[6]，似乎只有近年來的導演姜文可以與之比肩。

問題是，人們更願意對作為前輩導演的張藝謀寄託更多更大的文化期待。因為當下的中國內地，無論是物質生活還是精神生活都面臨著很多迫切的、人命關天的現實問題，電影從來都不應該僅僅是被當作是一種商品來看待的。

1980 年代中國大陸第五代導演「崛起」前，電影還是一種意識形態的教化工具；之後，張藝謀們的電影，又成為某種意義上的啟蒙工具，或者說一種反映現實、推進社會進步的一種手段和載體。但就《三槍拍案驚奇》而言，不僅啟蒙功能無從談起，甚至連起碼的反映現實的功能也被摒棄。

　　僅就視聽語言而言，經歷過 1980 年代第五代導演作品洗禮的人們已經不能再接受《三槍拍案驚奇》中的黃土高坡，當年《黃土地》的震撼顯然和現今大不一樣，類似場景的再次出現和使用，至少是對人們當時形成的美學觀念的一種褻瀆，是對張藝謀自己輝煌經歷的玷污。

　　明白了這一點就會明白，無論《三槍拍案驚奇》有怎樣的噱頭和炒作，它都屬於不值得一看、看了以後只能讓人更加難過的一個電影。當一個藝術家總體上走錯的時候，細節做得再完美、技術手法再高明，恐怕也毫無價值，更遑論意義。

　　因此，新市民電影《三槍拍案驚奇》的保守立場，與其庸俗哲學的思想內涵是一脈相承的。譬如迄今中國大陸還沒有電影分級制，當局並不允許影片充斥兇殺、暴力和色情。然而這些不允許並不妨礙影片在這些方面大做文章。事實上，不要說《三槍拍案驚奇》從哲學和文學層面完全消解了科恩兄弟《血迷宮》應有的價值和意義，單就它的文本來說，突破上述明令禁止的內容表現可以說無所不用其極，說其有強烈的色情傾向並不為過。但奇怪的是影片不僅在製作和發行上毫無障礙，而且贏得了巨大的票房收益，在近 20 年來中國大陸影片一再低迷的情形下，這並不是一件好事情。

　　實際上在我看來，在廉價的歡聲笑語和明目張膽的「搶錢」[5] 背後，是中國大陸電影和內地觀眾無盡的悲哀。這也是新市民電影的投機性所決定的：影片將不良內容以新市民電影慣有的大團圓結局予以消解，最後把血淋淋的事實轉換為全體狂歡的場面，一個個被殺死的人包括兇手在內重新復活，再次強化了影片對觀眾心理的傷害。歷史上的新市民電影有其值得肯定的一面，而現今，尤其是像《三槍拍案驚奇》這樣的新市民電影，顯然無益的成分大於有益性，不過是一包包裝精緻的垃圾。

圖片說明：從畫面風格和影調審美的角度看《三槍拍案驚奇》，你會再次重溫《紅高粱》《菊豆》《大紅燈籠高高掛》《秋菊打官司》《搖啊搖，搖到外婆橋》《英雄》《十面埋伏》《滿城盡帶黃金甲》。

## 戊、多餘的話

### 子、不同視角

關於張藝謀，事實上有兩個視角來看待，一個是大眾視角，還有一個是精英話語體系。就前者而言，從 1980 年代中後期開始，張藝謀就成為一個文藝神話，甚至是「現代電影」的標籤。作為中國大陸第五代導演的代表之一，其作品反響的冷熱不均實際上是大眾價值觀念的直接體現。當年《黃土地》被觀眾視為看不懂，《紅高粱》卻被熱捧，這與《三槍拍案驚奇》熱映後，不去看的倒成為少數派的現象，形成有趣的對照。因為，精英話語當中的張藝謀，呈現出一種「每個人都有一個張藝謀及其新作的預期乃至設定」[6]的景象，不論是好還是不好的評價，總是被一些符號性的和指向性的東西所捆綁，都願意將其置於一個既定的區域當中予以論說。

《三槍拍案驚奇》上映後，罵的要比捧的多，許多人說不上是捶胸頓足，至少是搖頭歎息，歎息「張藝謀竟然墮落到如此地步」。這兩種視角是不同的標尺，結論當然應該不同。對大眾來說，無論張藝謀把電影拍成什麼樣，都覺得這就是張藝謀，應該看看。對所謂專家學者來說，則始終不無期待，總之是希望再上層樓的意思。但就所謂視聽語言和藝術表達的方面來看，《三槍拍案驚奇》與二十年前的《黃土地》和《紅高粱》相比，真看不出導演有什麼進步；真要說有什麼進步的話，那也不能歸之於他的藝術水平，而是歸之於視聽技術手段的升級，這是讓人最為痛心的地方。

| 演職員表 Cast | |
|---|---|
| 張三 Zhang | 孫紅雷 Sun Honglei |
| 李四 Li | 小瀋陽 Xiao Shenyang |
| 老闆娘 Wang's wife | 閻妮 Yan Ni |
| 王五麻子 Wang | 倪大紅 Ni Dahong |
| 趙六 Zhao | 程野 Cheng Ye |
| 陳七 Chen | 毛毛 Mao Mao |
| 波斯商人 Persian Merchant | 朱力安 Julien Gaudfroy |
| 特別感謝 Special Thanks | |
| 巡邏隊長 Patrol Team Commander | 趙本山 Zhao Benshan |
| 喜劇部分導演 Director (Comedy Section) | 尚敬 Shang Jing |
| 制片副主任 Assistant Production Manager | 梁郁 Liang Yu |

| | |
|---|---|
| 動作指導 Action Choreographer | 李才 Li Cai |
| 攝影 Cameraman | 謝澤 謝天翔 Xie Ze Xie Tianxiang |
| 副導演 Assistant Directors | 臧啟武 付璐璐 李爽 Zang Qiwu Fu Lulu Li Shuang |
| 拍攝計劃統籌 Call Sheet Coordinator | 蒲倫 Pu Lun |
| 制片人助理 Assistant to Producer | 王世國 Wang Shiguo |
| 斯坦尼康攝影 Steadicam Operator | 林輝泰 Raymond Lam |
| 視頻工程師 Video Engineer | 潘伯義 Pan Yibo |
| 燈光師 Gaffer | 趙顯章 Zhao Xianzhang |
| 劇照攝影 Stills Photographer | 白小妍 Bai Xiaoyan |
| 紀錄片 Documentary Filmmakers | 羅莎莎 劉娟 Luo Shasha Liu Juan |
| 現場錄音師 Location Sound Recordist | 姜鵬 Jiang Peng |
| 現場剪輯 Location Editor | 張末 Zhang Mo |
| 策劃 Associate Producer | 楊秀芳 Alice Yeung |

## 丑、文化情結

從大全景來看張藝謀這二十多年來的藝術歷程，就我個人而言，從《活著》之後，張藝謀好像是突然明白了什麼，開始掉頭往回走了，事實上他已經走回到《紅高粱》之前的境界了。你不能叫他回歸體制，但他的確是往回走了。單就後來的《搖啊搖，搖到外婆橋》、《英雄》、《十面埋伏》、《千里走單騎》、《滿城盡帶黃金甲》來說，張藝謀有一種情結在裏面慢慢發酵，其潛意識中應該一直有一條線貫穿著他的創作，那就是非常明顯、卻又清淺的中國古典文學氣息。

我之所以這麼判斷，是因為他那一代人的成長歷程中，能夠在意識形態允許的情況下接受的古典文學的概念，基本上都從這幾部片子的片名上體現出來了，譬如《滿城盡帶黃金甲》。1949 年後，尤其是「文革」末期，中國大陸官方對農民起義的評價越來越高，當時的人們對黃巢其人、尤其是那首詩都很熟悉，可以說人所共知，我相信張藝謀也一直記憶猶新。詩曰：「待到秋來九月八，我花開後百花殺。衝天香陣透長安，滿城盡帶黃金甲」。

### 寅、誰想媚俗而不得？

《三槍拍案驚奇》上映並引發熱烈反響後，我先是在課堂上為學生做了一個案例分析。第二天我去北京電影學院聽課時，一個學生受其所在學校「學報」編輯部的委託，在那裡約請了幾位師友，弄了一個非正式的研討，我也順便講了幾句。其中，我有如下的表述：

> 「說《三槍拍案驚奇》媚俗並不是在批評張藝謀，畢竟今天幾乎沒有人不媚俗，包括專業研究者並不是不想媚俗，而是缺少媚俗的機會和能力」。〔註4〕

結果，一個剛轉崗高校執政的文藝官兒看到這句話大發脾氣，竟然以為是針對他的。我知道後，感到非常驚訝和可笑——世上還真有這種貼上來找不自在的人。本來，我先前對他雖無好感，但也沒有惡感。為此，我直接找到對方，當面重申我多次公開闡明的態度：

我這句話並無針對任何個人之意，但有針對，也只是針對我自己；因為我不是世外高人、不食人間煙火；想媚俗的人很多，真的輪不到我；假如我想「媚」，首先投資商不願意，因為我沒有名氣，其次觀眾不答應，因為我沒才氣，最後演職員們不肯合作，因為我不會做戲。

限於格式，我將我的發言文字版放在此處，供讀者批判，也請那位官兒再次聆聽：

---

〔註4〕幾個人的討論文字後來整理成文，發表於《浙江傳媒學院學報》2010 年第 2 期（第44～49 頁），敬請參閱。

　　《三槍拍案驚奇》引起如此巨大的反響，在我看來，有這麼幾個基本問題需要思考面對。首先是張藝謀本身所具有的電影藝術品牌效應的問題。張藝謀作為第五代導演中最出色的代表，他的電影藝術品牌是在 20 多年前就已確立，那正是中國大陸電影開始發生本質性變革的重要時期。另一方面，張氏電影並不是與其他第五代導演一樣作為一個歷史現象固定存在，而是不斷發展和變化的，還包括製片模式的嘗試、聘用外籍演員的嘗試等等。任何一個對這一段歷史稍有認識的中國大陸觀眾，對於張藝謀拍攝的影片，都會有去看一看的想法。

　　其次，這 20 年來，中國大陸電影的製片方針也發生了巨大變化。由政府包辦影片的製片、發行、放映乃至於包辦觀眾等一切行為，發展到今天已經多有變更。譬如越來越趨於由製片方來主導、由市場尤其是票房來說話，這使得《三槍拍案驚奇》出現了很多現在看似平常，卻又不得不進行的商業炒作手段行為。

　　今天對《三槍拍案驚奇》的爭論，主要集中在兩方面，一方面有人認為張藝謀背離了當年第五代所開創的優良傳統，無論是啟蒙精神也好即所謂的文以載道也罷，還是在意識形態規定範疇內做出某些革新式的表現；另一方面，則是對於商業炒作行為的一種本能性的反抗，很多人可能到今天也還沒有看過《三槍拍案驚奇》，但是罵起來並不比別人少。這樣的心態很能代表一些內地觀眾對於中國大陸電影的集體無意識。

　　1990 年代以後，中國大陸電影不景氣，當然這和電視、錄像帶、尤其是影碟機等的普及發展有一定的關係，跟人們觀影模式的變化亦有關，但是更

重要的是，1990 年代以來，中國大陸電影在內容和題材上已經很難再吸引觀眾，包括一些專業研究者，使得他們轉向了外國電影。在這個意義上說，中國大陸電影譬如《三槍拍案驚奇》能引發如此的社會反響，是一件好事情，這在客觀上是對民族電影事業的扶持，是對其恨鐵不成鋼式的熱愛，只是這種熱愛在表達方式上較為極端一些。

其三，這部電影在嚴格意義上來看，是東北「二人轉」的電影加強版，（因此，我一開始就對製片方是否購買《血迷宮》的版權前提並不在意）。這裡有一個誤區，很多人認為改編必須比原版要好，或者至少要不遜色。世界上有那麼多經典作品，改編後的作品，很少有能超過原著（原作）的。換言之，張藝謀將《血迷宮》改編成《三槍拍案驚奇》，即使是降低了其品質也沒有什麼可以指責的。這二者是不同層面的問題，是兩個不同的文化世界當中接受、解讀的不同對象和事件問題。這也體現出張藝謀作為資深導演來做這樣的嘗試，是很多人做不到的。

仔細分析文本就會發現，《三槍拍案驚奇》走的是過度娛樂化路線。娛樂化之所以在這裡成為一個負面評價，這是因為，在當下中國大陸，有那麼多人關心和憂慮的、而且與全體民眾憂戚相關的國計民生問題，製片方為何要投入這樣大的物力財力，來拍攝一部於現實生活風馬牛不相及的電影？我相信，《三槍拍案驚奇》刻意模糊時代背景，為的就是規避任何有可能的意識形態風險，這從商業操作上無可厚非，但是就作為第五代導演代表人物的張藝謀個人而言，這又不能不說是一件很讓人痛心的事情。

　　影片中加入了大量東北二人轉或者是地方小品的元素並不是被指責為媚俗的理由，很多地方戲曲以電影的形式呈現出來也應該是非常好看的，譬如八一電影製片廠拍攝於 1963 年的電影《抓壯丁》，從頭到尾說的都是一口標準的四川土話，其批判力度和票房攔在今天效果也並不差。《三槍拍案驚奇》的問題，一定程度上在於，張藝謀明明知道中國社會並不缺少這樣的電影，但是卻做出了主動迎合的姿態，片中媚俗的表現不乏過度表演之嫌，而藝術的一個很重要的參考標準便是對於「度」的把握。影片將當下一切流行的元素盡可能地整合進了影片的敘事當中，譬如，網絡流行話語、社會熱點問題和最走紅的影視劇明星都被整合了進去，試圖最大化地佔領市場。但這恰恰可能失去大多數觀眾，別人或許可以這麼做，　但是張藝謀如此做則有些不倫不類。

　　說《三槍拍案驚奇》媚俗並不是在批評張藝謀，畢竟今天幾乎沒有人不媚俗，包括專業研究者並不是不想媚俗，而是缺少媚俗的機會和能力。我曾經將 1930 年代的電影分成如下類型：以中下層市民為觀眾主體、以家庭婚姻倫理和武打神怪為題材的舊市民電影，宣揚革命理念和歌頌暴力革命為主題的左翼電影，以及技術主義至上、有條件地借用左翼電影元素、反映庸常人生問題的新市民電影等等。那麼在我看來，《三槍拍案驚奇》便屬於新市民電影，這類電影的特點就是政治上持保守立場，絕不在意識形態上與主流價值發生些許碰撞和衝突，但是一定會打擦邊球。在這個意義上，2004 年的《天下無賊》與《三槍拍案驚奇》屬於同一類型。

　　你記不記得《天下無賊》中劉德華扮演的那個賊拍著寶馬車門責問盤查他的保安：「開好車的一定是好人嗎？」這不僅僅是一句臺詞，而這恰恰是社會民意的反映，這種反映被導演恰當地運用在電影敘事中，使得觀眾為之稱快。另一個例子是《瘋狂的石頭》，這部影片很大程度上被人們誤讀成了一部中國式的《兩杆大煙槍》的翻版，其實這部影片抓人之處在於觸及到了強制拆遷、國有企業改制所引發的下崗等一系列社會問題，而這些重大社會民生問題表達受到了人為的限制，這種限制很大程度來源於出品方自身的利益考量而不是審查機關。所以在這個意義上，我對張藝謀在《三槍拍案驚奇》上的熱情表現出一定程度的失望。

　　陽光之下無新事，還沒有什麼故事沒被人編過，中國的好故事有很多，揀出很少一部分就夠中國電影消化的了，何必要去買《血迷宮》的版權呢？而買版權是為了國際市場的要求就更加無從談起，《三槍拍案驚奇》在中國大陸南方市場都成問題，南方觀眾無從體會「二人轉」的內在精髓，西方觀眾不看，中國南方籍貫的海外華僑恐怕也不明白。但是《三槍拍案驚奇》卻具備了兇殺、色情、暴力、血腥的媚俗元素，在眾聲喧嘩中，直接奔著錢去了。

你真有心

### 卯、張藝謀獻唱

整個《三槍拍案驚奇》，恐怕只有片尾張藝謀加唱的那首民間小調，算得上是他的（二度）創作。仔細品味，有調侃，似乎還有些無奈的反駁：

他大舅他二舅都是他舅／高桌子低板凳都是木頭／他大舅他二舅都是他舅／高桌子低板凳都是木頭／都是木頭，都是他舅

他大舅他二舅都是他舅／高桌子低板凳都是木頭／木頭，他舅，木頭／木頭，他舅，木頭／木頭，他舅，木頭／木頭，他舅〔註5〕

初稿日期：2010 年 1 月 4 日

初稿錄入：聶琦

二稿修改：2012 年 12 月 11 日～12 月 22 日

配圖日期：2013 年 5 月 2 日～3 日

圖文修訂：2016 年 4 月 4 日～5 月 3 日

新版修訂：2017 年 5 月 1 日

新版校訂：2020 年 3 月 30 日

〔註5〕本章文字的主體部分（不包括成、多餘的話）約 7000 字，最初曾以《20 世紀 30 年代新市民電影的高調復活——以 2009 年的〈三槍拍案驚奇〉為例》為題，發表於《當代電影》2013 年第 6 期（北京，月刊）。本章全文的配圖版後作為第九章，收入《新世紀中國電影讀片報告》，但多有刪節——即正文中除標題之外的黑體字部分。此次新版，全數予以恢復，並新增成、多餘的話中的卯、張藝謀獻唱、專業鏈接 4：影片經典臺詞、篇末的英文摘要、影片 DVD 碟片的三幅圖片，以及並列排版的七組（14 幅）影片截圖。特此申明。

## 參考文獻：

〔1〕百度百科〔EB/OL〕.http://baike.baidu.com/view/2406591.htm，〔登陸時間 2011-08-01〕.

〔2〕百度百科〔EB/OL〕.http://baike.baidu.com/view/2406591.htm，〔登陸時間 2011-08-01〕.

〔3〕新華網〔EB/OL〕.http://news.xinhuanet.com/ent/2010-02/11/content_12965579.htm，〔登陸時間 2011-08-01〕.

〔4〕張頤武.《三槍拍案驚奇》：從喜劇中重新尋找可能性〔J〕.當代電影，2010（2）：27～31.

〔5〕饒曙光.作為電影事件及其文化現象的《三槍拍案驚奇》〔J〕.當代電影，2010（2）：31～34.

〔6〕陳墨.我看《三槍拍案驚奇》〔J〕.當代電影，2010（2）：34～36.

〔7〕王一川.中國電影拒絕寡俗——從張藝謀導演經歷看《三槍拍案驚奇》〔J〕.當代電影，2010（2）：36～40.

〔8〕徐浩峰.強顏歡笑，君子贈言——評《三槍拍案驚奇》〔J〕.電影藝術，2010（2）：69～71.

〔9〕程季華.中國電影發展史：第 1 卷〔M〕.北京：中國電影出版社，1963：183.

〔10〕李少白.中國電影史〔M〕.北京：高等教育出版社，2006：57.

〔11〕陸弘石，舒曉明.中國電影史〔M〕.北京：文化藝術出版社，1998：41.

〔12〕丁亞平.影像時代——中國電影簡史〔M〕.北京：中國廣播電視出版社，2008：51.

〔13〕李道新.中國電影文化史〔M〕.北京：北京大學出版社，2005：145.

〔14〕袁慶豐.20 世紀 20 年代中國電影文化生態的低俗性及其實證讀解〔J〕.杭州師範大學學報，2009（4）：51～55；袁慶豐.對 1920 年代末期中國舊市民電影低俗性的樣本讀解——以 1928 年大中華百合影片公司的《情海重吻》為例〔J〕.浙江傳媒學院學報，2009（4）：30～36.

〔15〕范伯群.「電戲」的最初輸入與中國早期影壇——為中國電影百年紀念而作〔J〕.江蘇大學學報（社會科學版），2005（5）：1～7.

〔16〕袁慶豐.論舊市民電影《啼笑因緣》的老和《南國之春》的新〔J〕.南京：揚子江評論，2007（2）：80～84；袁慶豐.《雪中孤雛》：新時代中的舊道德，老做派中的新景象——1920 年代末期中國舊市民電影個案分析之一〔J〕.淮南師範學院學報，2009（1）：26～28；袁慶豐.《桃花泣血記》：模式的遺存和新信息的些許植入——1930 年代初期的中國舊市民電影樣本讀解之一〔J〕.浙江傳媒學院學報，2009（3）：28～30.

〔17〕袁慶豐.《野玫瑰》：從舊市民電影向左翼電影的過渡——現存中國早期左翼電影樣本讀解之一〔M〕//文學評論叢刊（第 11 卷第 1 期）.南京：南京大學出版社，2008：214～220.

〔18〕袁慶豐.左翼電影的藝術特徵、敘事策略的市場化轉軌及其與新市民電影的內在聯繫〔J〕.湖南大學學報，2008（3）：132～136.

〔19〕袁慶豐.1933～1935 年：從左翼電影到新市民電影——用 5 部影片單線試論證中國國產電影之演變軌跡（上）〔J〕.浙江傳媒學院學報，2009（5）：37～43；袁慶豐.1933～1935 年：從左翼電影到新市民電影——用 5 部影片單線試論證中國國產電影之演變軌跡（下）〔J〕.浙江傳媒學院學報，2009（6）：38～43.

〔20〕袁慶豐.主流政治話語對 1930 年代電影製作的介入及其藝術轉達——《國風》：中國電影歷史中的「反動」標本讀解〔J〕.浙江傳媒學院學報，2009（2）：43～47.

〔21〕袁慶豐.國防電影與左翼電影的內在承接關係——以 1936 年聯華影業公司出品的《狼山喋血記》為例〔J〕.佛山科技學院學報，2008（2）：17～19；袁慶豐.電影市場對左翼電影類型轉換及其品質提升的作用——以《壯志凌雲》為例〔J〕.南京師範大學文學院學報，2009（2）：121～124；袁慶豐.《聯華交響曲》：左翼電影餘緒與國防電影的雙重疊加——1937 年全面抗戰爆發之前中國國產電影文本讀解之一〔J〕.浙江傳媒學院學報，2010（2）：70～74。

〔22〕袁慶豐.左翼電影的道德激情、暴力意識和階級意識的體現與宣傳——以聯華影業公司 1933 年出品的左翼電影《天明》為例〔J〕.杭州師範大學學報，2008（2）：28～32.

〔23〕袁慶豐.雅、俗文化互滲背景下的《姊妹花》〔J〕.當代電影，2008（5）：88～90.

〔24〕袁慶豐.新市民電影：左翼電影的高級模仿秀——明星影片公司 1935 年出品的《船家女》讀解〔J〕.江漢大學學報，2009（2）：26～30。

〔25〕袁慶豐.《孤城烈女》：左翼電影在 1936 年的餘波回轉和傳遞〔J〕.青海師範大學學報，2008（6）：94～97；袁慶豐.左翼電影-國防電影與新中國電影的血統淵源——以 1937 年新華影業公司出品的《青年進行曲》為例〔J〕.杭州師範大學學報，2011（4）：116～121；袁慶豐.《春到人間》：從左翼電影向國防電影的強行轉化——辨析孫瑜在 1937 年為中國電影所做的歷史貢獻〔J〕.當代電影，2012（2）：102～105.

〔26〕袁慶豐.第六代導演作品對弱勢群體的關注及其文化批判——以李楊編導的《盲井》為例〔J〕.汕頭大學學報，2012（5）：5～10；袁慶豐.第六代導演作品的審美高度與哲理思辨——以王超的《日日夜夜》為例〔J〕.學術界，2012（10）：123～131.

〔27〕袁慶豐.1936 年：有聲片《新舊上海》讀解──中國左翼電影轉型、分流後現存唯一的新市民電影〔J〕.汕頭大學學報， 2008（2）：39－43；袁慶豐.《脂粉市場》（1933 年）：謝絕深度，保持平面──1930 年代中國新市民電影讀解之一〔J〕.長江師範學院學報，2008（5）：27～30.

2009： A Simple Noodle Story—Revival of New Citizen Film

Read Guide：New Citizen Film in the history of early Chinese film appeared in 1933, which held a conservative stand, as opposed to Left-wing Film emerged a year earlier that held radical and revolutionary stand. New Citizen Film pursues new technologicalism, absorbs and borrows popular cultures and fashionable elements to construct its worldly traits, definitely differs from Left-wing Film with the characteristics of class, violence and propaganda. Yimou Zhang's work A Simple Noodle Story in 2009, analyzed with above theory, represents films in Chinese mainland since 2000 have a trend of reproducing and reviving New Citizen Film of 1930s.

Keywords：Yimou Zhang; the fifth generation of directors; New Citizen Film; mode; new techologicalism; box office hit;

圖片說明：在中國大陸市場上公開銷售的《三槍拍案驚奇》DVD 碟片。

# 2010 年：《讓子彈飛》
## ——新市民電影高調返場

圖片說明：在中國大陸市場上公開銷售的四川話版本的《讓子彈飛》DVD 碟片
之封面、封底。

內容指要：

　　影片中的歷史景象不全是編造出來的，因為真實的歷史往往比故事裏的人物和事
情還可笑，這就是魔幻歷史主義的創作態度。把可笑的歷史以故事的形式演繹成電影

並在市場上大賣其錢，這就是科學現實主義的製片策略。是的，這樣的電影很庸俗，但庸俗自有其道理；這樣的製片方針和討巧設計，在中國電影歷史上早已有之，那就是新市民電影。《讓子彈飛》就是新市民電影在 2000 年以後中國大陸上映的新版本，也是繼第五代導演張藝謀之後，第六代導演代表人物之一的姜文，面對市場生態做出的選擇之一。

關鍵詞：姜文；票房；新市民電影；左翼電影；新左翼電影；中國電影史；

圖片說明:在中國大陸市場上公開銷售的《讓子彈飛》DVD 碟片之封面、封底(普通話版本)。

**專業鏈接 1:**《讓子彈飛》(故事片,彩色),2010 年出品;英文片名:Let The Bullets Fly,DVD,時長 132 分鐘。根據馬識途 1983 年發表的小說《夜譚十記》第三篇《盜官記》改編;英皇電影(國際)有限公司、北京不亦樂乎電影文化發展有限公司 2010 年 12 月出品[註1],同月 15 日中國大陸首映。

---

〔註 1〕**片頭字幕:**英皇電影;英皇電影(國際)有限公司、北京不亦樂乎文化電影文化發展有限公司、中國電影集團公司出品;幸福藍海影視文化集團、峨眉電影集團、文化中國傳播集團聯合出品。
　　**片尾字幕:**改編自馬識途小說《夜譚十記》;姜文導演作品;編劇:朱蘇進、述平、姜文、郭俊立、危笑、李不空;周潤發、葛優、劉嘉玲、姜武、廖凡、周韻、陳坤、張默;特別演出:馮小剛、胡軍、苗圃、馬珂;姜文;(中略)音樂:久石讓(《太陽照常升起》音樂)、舒楠;造型設計:張叔平;攝影指導:趙非;導演:姜文。演員:張牧之──姜文,黃四郎──周潤發,馬邦德──葛優,縣長夫人──劉嘉玲,武舉人──姜武,老三──廖凡,花姐──周韻,胡萬──陳坤,老六──張默,湯師爺──馮小剛,假張麻子──胡軍,牧師──馬元,陝西老婆──苗圃,黛玉晴雯──白冰,楊萬樓──周潤發、工強新,老七──危笑,胡千──姚櫓,粉販──胡明,老四──杜奕衡,老五──李靜,老二──邵兵,四大家族──姜洪齊、周蟠、方志丹、郭俊立、黃西妮、胡百──楊銳,鼓女──紺野千春、高木天、霆田美香、田場惠美子、

---

>>> **編劇**：朱蘇進、述平、姜文、郭俊立、危笑、李不空；**導演**：姜文；**攝影指導**：趙非；**錄音**：溫波；**美術指導**：黃家能、於慶華、高亦光；剪輯：姜文、曹偉傑；

>>> **主演**：姜文（飾麻匪張牧之）、周潤發（飾惡霸黃四郎）、葛優（飾師爺馬邦德）、劉嘉玲（飾縣長夫人）、姜武（飾武舉人）、趙銘（飾大胸民女）。

**專業鏈接 2：影片獲獎情況：**

2011 年獲（香港）第 5 屆亞洲電影大獎之觀眾票選最愛男演員獎（周潤發）、最佳造型設計獎（張叔平）；2011 年香港電影評論會獎之最佳導演獎（姜文）；2011 年第 48 屆臺灣電影金馬獎之最佳攝影獎（趙非）、最佳改編劇本獎（朱蘇進、述評、姜文、郭俊立、危笑、李不空）；2012 年獲（香港）2011 年最高票房亞洲電影大獎、第 31 屆香港電影金像獎之最佳服裝造型設計獎（張叔平）[1]。

---

長谷川多惠子、戶澤早季、栗城理惠、高久保康子、富城保奈美、三橋葉子、福田佳興、石倉初美、中原明子、內田麻里，夫——陳磊，妻——趙銘，軍官——吳熙國，鵝人——沙瑪，八歲——馬珂。（中略）；出品：英皇電影（國際）有限公司、北京不亦樂乎電影文化發展有限公司，英皇電影發行有限公司、中國電影集團公司北京不亦樂乎影業有限公司聯合發行。（以上字幕錄入：鍾端梧）

專業鏈接 3：影片鏡頭統計：

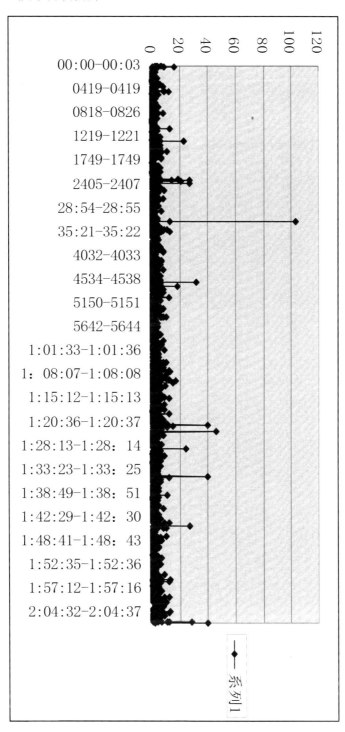

說明：全片時長 132 分鐘，共計 3537 個鏡頭（不包含片頭片尾字幕）。其中，小於等於 5 秒的鏡頭 3349 個，大於 5 秒、小於等於 10 秒的鏡頭 147 個，大於 10 秒、小於等於 15 秒的鏡頭 23 個，大於 15 秒、小於等於 20 秒的鏡頭 4 個，大於 20 秒、小於等於 30 秒的鏡頭 8 個，大於 30 秒、小於 60 秒的鏡頭 5 個，大於 60 秒的鏡頭 1 個；大於 30 秒的長鏡頭共 301 秒，約占總時長的 3.9%。

（製圖與數據統計：鍾端梧；覆核：李梟雄）

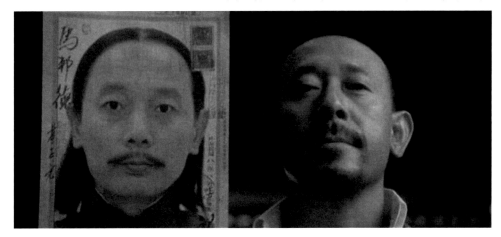

**專業鏈接 4：影片經典臺詞**

「天之涯，地之角，夕陽山外山」——「好！好好！」——「湯師爺，是好吃，還是好聽啊？」——「也好聽，也好吃，都好！都好！」——「我馬某走南闖北，靠的就是能文能武、與眾不同，不光吃喝玩樂，更要雪月風花」——「馬縣長此番風度正好比——大風起兮雲飛揚」——「屁！」——「劉邦是個小人」——「力拔山兮氣蓋世」——「屁！」——「屁」——「湯師爺，你要是拍我的馬屁，就先要過夫人這一關」——「嗯！」——「寫首詩，寫首詩，要有風，要有肉，要有火鍋，要有霧，要有美女，要有驢！」

「錢呢？」——「買官了」——「買官幹什麼？」——「賺錢」——「能賺多少？」——「一倍」——「多長時間？」——「一年」——「我要等你一年？」——「半年！半年！手氣好，一個月也行！」

「縣長賺過六百四十萬。我不是師爺麼，我就賺個零頭」——「沒失過手？」——「不動手，拼的是腦子，不流血」。

「死人有時候比活人有用」。

「兄弟們失了手，讓你丈夫遭遇了不測，我很是愧疚」——「我已經第四次當寡婦了」——「那可千萬別第五次哦」——「那就要看你的本事了！」

「師爺，當夫妻最要緊的是什麼？」——「恩愛」——「聽不見，再說一遍！」——「恩愛！」

「做事要多動腦筋，先動腦了後動手。明白嗎？」

「酒要一口一口喝，路要一步一步走，步子邁大了容易扯著蛋」。

「我們現在是當官的人了，不得再有匪氣，師爺，當縣長最要緊的是什麼？」——「忍耐」。

「城裏的女人就是白啊！」

「來者不善呐」——「你才是來者！」

「贗品是個好東西！」

「反正呢，我就想當縣長夫人。誰是縣長，我無所謂。兄弟，別客氣嘛」——「我客氣嗎？」

「老子從來就沒想刮窮鬼的錢」——「不刮窮鬼的錢你收誰的呀？」——「誰有錢掙誰的！」

「買官當縣長還真就是跪著要飯的。就這，多少人想跪還沒這門子呢！」

「花錢買官是跪著要飯」。

「我是想站著，還把錢掙了！」

「我爹說了，有冤鼓就說明有冤，他說他要判個案」——「哪兒有冤呐？啊？誰有冤呐？這都一百多年了……」。

「你的腿就是我的腿。你的腿，就是我的命。有道是，江湖本無路。有了腿，便有了路」。

「兔子都知道不吃窩邊草！六個人，還當著人家丈夫！還讓人看！呸！噁心！我都關著燈！這種事你們可以花點兒錢嘛！花點兒！哪怕嫖呢？花不了多少錢！哪怕偷偷摸摸的！簡直就是土匪，土匪都不如！還說讓人家百姓念你們好！就是一句話！噁心！錢肯定是掙不著了，噁心！噁心！噁心呐！噁心！呸，太噁心了！」

「大哥，你是瞭解我的，我從來不做仗勢欺人的事，我喜歡被動！」——「大哥，你是瞭解我的，以我的習慣，萬事不求人！」——「大哥，你是瞭解我的，如果是我，不會有人活著來告狀！」——「大哥，

你是瞭解我的，我老五雖然歲數最大，我，我至今——俗稱處男」——「別看著我呀！大哥，你是瞭解我的，如果我出手，那趴在桌子上的應該是她老公！」——「我聽出來了，你們個個都身懷絕技。但是，有人騙了我！」

「這是什麼狗屁道理，好人就得讓人拿槍指著？」

「自宣統皇帝退位以後，鵝城一共來過五十一任縣長，他們都是王八蛋！禽獸！畜生！寄生蟲！但是，這位馬邦德縣長，他不是王八蛋，不是畜生，不是禽獸，也不是寄生蟲，他今天親自帶隊，出兵剿匪！他，是我們的，大英雄……鼓掌！」

「大風起兮、雲飛揚，安得猛士兮、走四方。麻匪，任何時候都要剿，不剿不行！你們想想：你帶著老婆，出了城，吃著火鍋還唱著歌——突然就被麻匪劫了！所以沒有麻匪的日子，才是好日子！」

「不准跪！皇上都沒了，沒人值得你們跪！」

「我來鵝城就辦三件事：公平，公平，還是他媽的公平！」

「縣長要斬黃四郎」——「誰人不想斬黃郎？」——「拐賣壯丁販煙土」——「殺了五任好縣長！」——「一成白銀送你手」——「九成真金黃家藏」——「邦德發誓三天內」——「除暴安良祭老湯！」

「槍在手，跟我走；殺四郎，搶碉樓」。

「誰贏他們幫誰」。

「你和錢對我都不重要」——「那誰重要？」——「沒有你，對我很重要」。

「浦東就是上海，上海就是浦東」。

「辛亥是一種革命」。

**專業鏈接 5：影片觀賞指數（個人推薦）：★★★★☆☆**

## 甲、前面的話

　　《讓子彈飛》是姜文為 2010 年拍的賀歲片，有學者認為影片有「馮小剛賀歲片的某種風格」，並指出了其「先鋒與媚俗」雜糅的本質[2]。作為導演，自 1994 年拍攝《陽光燦爛的日子》以後，姜文的電影，成為繼張藝謀之後中國大陸的又一種「現象級電影」，根據之一是：「票房總成績已經名列內地史上第三，其中首周 1.8 億元，四週報收 6.06 億元，僅次於《阿凡達》（13.5 億元）和《唐山大地震》（6.5 億元）」[3]。姜文獲得的這種殊榮，其實其來有自。

　　作為演員，姜文最早引起各方矚目的是 1986 年，他與劉曉慶搭檔主演謝晉導演的《芙蓉鎮》。隨後幾年間，姜文主演《紅高粱》（1987）和《本命年》（1990）時，已經出現向導演身份位移轉變的徵兆，或者說處於角色過渡期。譬如據說，《紅高粱》中《妹妹你大膽往前走》（張藝謀詞，趙季平曲）那首歌就是他向導演建議編的[4]；《本命年》原來叫《黑的雪》，姜文向導演建議說我今年 24 歲，正好是本命年，可不可以就叫《本命年》？結果導演採納了他的意見〔註2〕。因此，這兩個細節至少可以看出姜文從優秀演員向導演過渡的印跡。這一點，要先行參考姜文參演的影片（依照上映時間、片名、扮演角色排列）：

　　1986 年：《末代皇后》（飾溥儀，導演陳家林）、《芙蓉鎮》，（飾秦書田，導演謝晉）；1987 年：《紅高粱》（飾我爺爺，導演張藝謀）；1990 年：《本命年》（飾李慧泉，導演謝飛）、《閨閣情怨／花轎淚》（飾惠義雅克·道夫曼，導演張暖忻）；1991 年：《李蓮英》（飾李蓮英，導演田壯壯）；1993 年：《狹路英豪／大路雷》（飾小寶，導演周曉文）；1995 年：《陽光燦爛的日子》（飾成年馬小軍，導演姜文）；1996 年：《秦頌》（飾嬴政，導演周曉文）；1997 年《宋家皇朝》（飾宋查理，導演張婉婷）、《有話好好說》，（飾趙小帥，導演張藝謀）；2000 年：《鬼子來了》（飾馬大三，導演姜文）；2002 年：《尋槍》，（飾馬山，導演陸川）；2003 年：《綠茶》（飾陳明亮，導演張元）、《天地英雄》（飾李校尉，導演何平）、《我和爸爸》（飾警察，導演徐靜蕾）；2004 年：《一個陌生女人的來信》（飾作家，導演徐靜蕾）；2006 年：《茉莉花開》（飾孟老闆，

---

〔註 2〕姜文在《芙蓉鎮》、《紅高粱》和《本命年》中的表現和影響，幾乎與編導齊名。很多演員一輩子演了很多角色，但讓人留下印象的卻幾乎沒有。給我印象最深的，或者說對我個人生活產生重大影響的電影之一就是《本命年》。從姜文飾演的主人公李慧泉身上，可以看到北京作家王朔的影子、北京籍編劇劉恆的生活感悟，當然也有北京青年姜文自己的生活經歷。

導演侯詠）；2007 年：《太陽照常升起》（飾老唐，導演姜文）；2009 年：《建國大業》（飾毛人鳳，導演韓三平、黃建新）；2010 年：《讓子彈飛》（飾張牧之，導演姜文）；2011 年：《關雲長》（飾曹操，導演麥兆輝、莊文強）、《最愛火車》，（飾司機，導演顧長衛）。〔註3〕

《讓子彈飛》之前的三部片子，《陽光燦爛的日子》（1995）、《鬼子來了》（2000）、《太陽照常升起》（2007），每一部影響都很大，但票房和結局迥異。

根據王朔小說改編的《陽光燦爛的日子》，算是修成正果得以公映〔註4〕，據說投資一千多萬，票房五千萬[5]；根據尤鳳偉的小說改編的《鬼子來了》，以「基本立意出現嚴重偏差」、「整體上格調低俗，不符合《電影審查規定》的標準」為由，被大陸當局禁映〔註5〕，雖然想看的觀眾幾乎都看到了影片，

〔註3〕以上信息根據百度百科提供的信息整理〔EB/OL〕.http://baike.baidu.com/view/64453.htm〔登錄時間：2012-12-24〕。

〔註4〕「1993 年 8 月 23 日《陽光燦爛的日子》正式開拍，1994 年 1 月 22 日完成了最後一個鏡頭的拍攝，1994 年 8 月收到威尼斯電影節邀請，1995 年 8 月 21 日距影片開機整兩年，影片正式批准發行並在全國公映。」以上信息見：時光網〔EB/OL〕.http://movie.mtime.com/12383/behind_the_scene.html〔登錄時間：2012-12-23〕。

〔註5〕考慮到資料的珍貴性，特從網上找到有關片段附載如下：

關於《鬼子來了》的審查意見〔轉〕

你公司送審的合拍片《鬼子來了》已經電影審查委員會審查，審委會認為：影片沒有嚴格按照電影局《關於合拍片立項的批覆》（電字〔1998〕第302號）中的意見修改劇本，並在沒有報送備案劇本的情況下擅自拍攝，同時又擅自增加多處臺詞和情節，致使影片一方面不僅沒有表現出在抗日戰爭大背景下，中國百姓對侵略者的仇恨和反抗（唯一一個敢於痛罵和反抗日軍的還是個招村民討嫌的瘋子），反而突出展示和集中誇大了其愚昧、麻木、奴性的一面，另

但畢竟是禁片，因此，兩千多萬的投資，但沒有內地票房，歐洲版權據說還虧損了 20%[6]；《太陽照常升起》倒是允許公開發行，但六千萬的投資[7] 只換回一千六百萬的票房[8]，更尷尬的是，大多數觀眾都說沒看懂〔註6〕。

到了《讓子彈飛》，用影片中的臺詞說，真的是「站著把錢掙了」：6.6470 億的票房[9]，遠遠超過 1.5 億的投資[10]。

一方面，不僅沒有充分暴露日本軍國主義的侵略本質，反而突出渲染了日本侵略者耀武揚威的猖獗氣勢，由此導致影片的基本立意出現嚴重偏差。

影片多處出現污言穢語，並從日本兵口中多次辱罵「支那豬」，另外還有女性的裸露鏡頭，整體上格調低俗，不符合《電影審查規定》的標準。

影片片名須按電影局多次要求重新選擇。

影片須在參照附件認真修改後，重新報請審查。

附：《影片與批准立項劇本主要不同之處》（略）

（轉引自：豆瓣網〔EB/OL〕.http://movie.douban.com/subject/1291858/discussion/1001076/，〔登錄時間：2005-07-25〕。）

〔註 6〕我自己第一遍也沒看懂，看明白後禁不住大加讚賞。《太陽照常升起》說明姜文的特殊不僅在於他的思想，還在於他的表達。此前《陽光燦爛的日子》，是從少年的角度對文革時期中國大陸社會做出的體認式反映。公映後很多人不能接受影片基調的一個原因，是因為他們當時正是成年，對文革的讀解當然有異於少年兒童。就自然環境而言，那時候真的是陽光燦爛，空氣質量比現今不知好多少倍，就那時候成長過程中的小環境來說，也有很多樂趣，當然同時也不自覺地接受了狼奶的哺育。《鬼子來了》顛覆了幾十年來中國大陸對抗日戰爭的偏狹歷史描述乃至歪曲，但觀眾在看片時毫無障礙。《太陽照常升起》實際上承襲了編導顛覆主流價值觀念的路數，但為了不重蹈《鬼子來了》被禁映的覆轍，才特意於表現形式上有意識地混排編碼，其獨特性有一時的障礙，然而一旦明瞭，會知道趣味多多。（對《太陽照常升起》的具體討論，祈參見本書第七章）。

從純粹的觀賞角度來說，《讓子彈飛》端的好看，強姦、色情、暴力、暗殺、奇觀、魔幻、武打、頭腦風暴、大胸美女、腦筋急轉彎、東洋舞娘、西洋音樂、動畫特效、名家作曲、搞笑臺詞甚至還有革命──只有你想不到的沒有你看不到的──你還想看什麼？況且票房已經證明這一點。影片上映，正逢1911年推翻帝制的辛亥革命爆發一百週年，評論者們都注意到了這一點，大多也都贊成影片有「政治隱喻」的傾向。譬如歷史學者張鳴教授，認為「電影虛構的發生地在鵝城……這也許是一種象徵，一種愚民的暗喻」[11]。

「豆瓣」網上的一位高人，將黃四郎和張麻子的身世，結合辛亥革命的歷史背景和人事關係逐年實名對照考證，甚至還專門解釋了日本人切腹自殺時「介錯」的角色分配功能[12]，其功力和學識著實讓人欽佩。歷史學者不負責《讓子彈飛》的電影屬性研究，電影研究者和網上高人大都對影片的「商業（片）」或其模式中的「媚俗」「消費」本性無太大爭議[2][3]。如果將影片文本與中國電影歷史發展軌跡聯繫起來就會發見，作為第六代導演的代表之一，姜文的這部新作是1930年代中國新市民電影回歸大陸的又一次盛裝亮相──此前，第五代導演張藝謀的《三槍拍案驚奇》已經證明了這一點[註7]。

## 乙、《讓子彈飛》的思想品質和外在的文化特徵

原作小說裏的時代背景是1930年代，為了和張麻子的身世對上，影片改到1920年代，因為提到的民國八年是1919年。整個看下來，影片的市場性和娛樂化都沒有問題，但從主題思想上還不能將其簡單地歸類為純粹的商業片。一般意義上的商業片是讓你看完腦袋空空出來，基本不用費腦子。

[註7]對這部影片的具體討論，祈參見本書第九章：(《2009年：〈三槍拍案驚奇〉──新市民電影盛裝復活》)。

就此而言，很多人說到的政治隱喻，其實有兩層。一是對包括辛亥革命在內的革命的解釋，二是既包括共產黨的革命還包括對當下的影射，後一點甚至是對當下現實的直接指涉。譬如小六子為了證明自己的清白「開膛驗粉」，這個情節恰好與現實中的「開胸驗肺」事件相呼應〔註8〕。雖說事情不無巧合，但導演的用心編排還是有講究的，至少，主題思想和外在形式不是那麼簡單地黏合，而是有一種八股文的中國古典文化範兒。八股文的固定格式是破題、承題、起講、入手、起股、中股、後股、束股。

以下以影片為文章，試證明則個。

第一，音樂。

《讓子彈飛》一開始出現的歌曲是《送別》，這可以看作是影片的「破題」。

這首歌原本是日本音樂家犬童球溪將 19 世紀美國音樂家 J‧P‧奧德威的《夢見家和母親》（*Dreaming of Home and Mother*）填上日文歌詞，編成叫做《旅愁》的歌曲在日本廣為傳唱；那是 1907 年的事情，而當時的留日學生李叔同，又將此歌改編為中文歌曲叫《送別》；1920～1940 年代，《送別》是民國中小學堂廣為傳唱的「學堂樂歌」[13]。1982 年，根據華裔女作家林海音的小說《城南舊事》改編的同名電影（導演吳貽弓）用它作為主題歌，使其重歸大陸並再次被廣為傳唱。

---

〔註 8〕2009 年年中，河南新密市一名農民工在鄭州打工期間得了職業病，鄭州的職業病防治所卻不認可，為了證明自己的病情，這位工友只好到醫院開胸檢驗，輿情一時為之大嘩( 參見：「開胸驗肺」暴露了什麼〔N〕.人民日報，2009-07-30：【2009 年 7 月 30 日】17.//百度百科〔EB/OL〕.http://baike.baidu.com/view/2644749.htm，〔登陸時間 2011-12-24〕)。

　　《讓子彈飛》使用《送別》，既是對時代背景通俗易懂的交代，即明確指向民國背景，也是導演對民國社會感性認知的體現，這當然應該出自姜文早年的觀影體驗。問題在於，畫外歌曲的清純甜美內涵與風格，很快被縣長夫婦和師爺這幾個男女流氓的歪腔斜調給破壞了，暗示著影片基調荒誕或魔幻的歷史觀念組合。

　　需要提前說明的是，《讓子彈飛》的時長為 132 分 7 秒，其中音樂音響（包括鼓聲）共 25 處，時長 1130 秒（18 分 8 秒），約占全片總時長的 14.3%。

　　所以第二，還是音樂。

　　緊隨《送別》的，是觀眾熟悉的曲調和旋律，也就是姜文 2007 年《太陽照常升起》中，請日本作曲家久石讓譜寫的主題曲，網友對此稱為直接「抄（襲）」，表示憤怒和不屑[14]。我覺得這正是「承題」，正如有學者認為的那樣，「再次使用的久石讓《太陽照常升起》的主題音樂，提示著這兩部影片的關係……並且有意識地作為『簽名』式的作者標識」[3]。這種解讀更接近一個基本事實，那就是導演試圖部分承接《太陽照常升起》中觀眾沒有理解或沒有讀懂的現實批判情懷。

　　音樂顯然要比電影語言和語言本身更為深邃和複雜，因為後兩者有時還能多少接近窮盡事物本相的邊緣，但音樂恐怕永遠可以處於被解釋中。**就《太陽照常升起》而言，影片不僅是導演那一代人對共和國歷史的感悟，還是嘗試反省蘇聯革命及其影響下的中國革命對普通民眾造成的傷害。**如果說，限於現實條件，《太陽照常升起》非常深刻的內涵、異常隱晦的表達方式使其成為批判性的精英版，那麼《讓子彈飛》上演的是大眾化的通俗娛樂版——看你還說你看不懂？實際上，你懂的。

第三，音響。

張麻子帶著俘獲的師爺等一干人馬到了鵝城，城門碧水環繞，一群女子敲鼓迎接，這是「起講」。

那些「不分青紅皂白只管擂鼓的女子」，正是影片既「歷史」還「魔幻」的道具 [11]。此處有導演的兩層含義，其一比較淺顯，是敲給前輩們的。當年陳凱歌導演、張藝謀攝影的《黃土地》，那幫頭紮白毛巾、身穿漆黑棉襖緬襠褲的大老爺們黃土揚天地狂敲安塞腰鼓場景，不知震撼了多少觀眾。而《讓子彈飛》中，以女優而且是日本女優擔綱鼓樂，（網友說那是「抹了麵粉」的「一票日系老娘們」[14]），不能不說這是導演俏皮式的致敬。

第二層意思顯然是諷刺。新縣長來時擂鼓歡呼，扳倒惡霸後照樣歡呼的還是這撥人，其實平日裏無論是官來匪去，還是好人橫死壞人得勢，他們一概都會如此這般歌舞升平。之所以讓女性擔當這種角色，是為了與赤裸上身的男群眾們有一種視覺和心理上的表層區別。而深層次上，他們並無區別，全是歷史學家眼裏的「愚昧的群氓」[11]。這樣一來，啟用日本演員，既體現了導演的個人情懷又分擔了主題的沉重，收到的是娛樂化的視聽效果。

第四，還是音響。

主要是槍聲，這個有迹可循。此前的《太陽照常升起》，可以說導演過足了槍癮，（再往前的 2002 年，姜文主演了陸川掛名導演的《尋槍》），就此而言，《讓子彈飛》依然是對《太陽照常升起》的繼承。《讓子彈飛》中共出現槍聲 15 處，時長 478 秒，約占全片時長的 6%。《讓子彈飛》之所以讓許多評論者都聯想到「美國西部片」[2][3]，這是一個重要因素。1949 年後的幾代人，有幾個不迷戀槍（炮）及其帶來的音響？[註9]

原因很簡單，「生在新中國、長在紅旗下」，對槍（炮）及其代表的戰爭有一種狂熱的嚮往，《陽光燦爛的日子》中的主人公，最熱切的希望，就是成為「第三次世界大戰」的英雄。誰能否認這孩子身上沒有原作者王朔和導演姜文的影子？雖然他們一個生於 1950 年代，一個生於 1960 年代。從中國大陸電影史的角度看，這是姜文對「紅色經典電影」觀念的延伸，只不過極其個人化而已。而從 1990 年代以來的中國大陸電影，對包括音響在內的音樂元素和視聽效果的重視，走的基本是滿足觀眾娛樂的商業化和娛樂化的路數。因此，槍聲及其伴隨的暴力場面，其實是影片的「入手」之處。

黃老爺百忙无暇

第五，政治隱喻。

這是影片的「起股」。

觀眾不把影片與中國的歷史政治尤其是當下政治生態結合起來簡直是不可能的，因為可以延伸解讀的地方實在太多。譬如「馬拉火車」其實是歷史

---

〔註 9〕1993 年我從上海畢業來北京工作，認識了一些年紀相當、狂熱迷戀音響的發燒友，譬如專買日本的音響設備。曾有人對我說，很多人要聽《1812》，就是因為裏邊有炮聲。

個案的實景再現。據說新中國成立後有外國記者問周恩來，為什麼人走的路叫馬路？——馬路的本意就是馬走的路，工業化後火車車軌的寬度，就是根據馬屁股的標準制定出來的[15]——周的回答是，我們的路不是馬走的路，是馬克思主義的道路[16]。真可謂來自現實又超越現實。

問題是，中國當年引進第一條鐵路的時候，慈禧真的幹過馬拉火車的糗事，因為司機坐到了她前面，於是大怒：奴才怎麼能坐到主子前面；但沒司機火車怎麼開？馬拉著走唄[17]。

再就是「鵝城」，拆開是「我的鳥城」，（網上叫「貴國」，什麼都很貴的國家，除了人民；還有「天朝」的稱謂，這個誰都懂）；還有「康城」，沒有誰不會想到「奔小康」的官方口號；還有買官賣官、官匪一家，勾結起來巧立名目搜刮民脂民膏……。

如果這些還需要你聯想，那麼縣長委任狀的日期就不需要你想了：

（民國）八年八月二十八

北京奧運會的開幕時間也是一連串的「8」字——珍藏版的官方藝術行為模板。

第六，「中股」。

首先是臺詞，無不話裏有話，花上長刺，凡我國人，一概明白。端的是「句句有隱喻，處處含影射……這種現實聯想乃至過度闡釋至少說明，人們在當下現實已積累了過多的負面情緒，《子彈》把人們的現實之怨勾了出來，它也成了釋放怨懟之氣的安全閥」[2]。譬如：

「誰有冤啊？誰敢有冤啊？」

連出來喊冤的都沒有，豈不就是和諧社會？無論出臺什麼政策都高興，漲價「聽證會」？沒有不同意的，廣大群眾還熱烈擁護呢。

　　　　「不准跪！皇上都沒了，沒人值得你們跪！」

　　　　「我來鵝城就辦三件事：公平，公平，還是他媽的公平！」

　　其次，道具也是語言，也能表情達意，譬如土匪和官家都使用的麻將面罩，從一餅到九筒，也只有中國人才想得到做得到，天朝大國國粹之體現。對此，國人既親切又驚奇，真真是屌絲逆天，堪稱奇葩一枚。

　　還有，鵝城除了鵝一樣的人，還真有幾隻鵝，這，會讓人們會聯想到鴨和雞……。

　　如果說，姜文的前三部影片用的是猛力氣、下的是苦工夫，換來賠錢不討好，那麼，這次姜文使的是巧勁：有勁吧？但那些話不是我說的哈。

　　第七，「後股」。

　　是對經典語言和經典電影橋段的借用。前者分兩種，第一種一個叫正語俗用，譬如黃四郎對張麻子談當年相見，說「燈火闌珊，他驀然回首」什麼的，正兒八經講，效果卻搞笑；第二個是俗語正用，譬如「酒要一口一口喝，路要一步一步走，步子邁大了容易扯著蛋」，話糙理兒不糙。

　　橋段的借用有多種，其一是場景借用，譬如影片結尾時黃四郎從城樓上扔下帽子，源自日本 1977 年的電影《人證》，想來導演對這部經典不無敬仰。其二是戲仿，主要是針對武俠文化，譬如武舉人武智沖的名字和形象，開始會讓人聯想到魯智深，但隨後的表演卻是人們看爛了的武俠片角色。其三是槍戰戲，美國西部片的套路人所共知，甚至有「牛仔英雄」的意味[18]。其四

是音樂借用，黃四郎們歡送張麻子出城剿匪儀式上，用的是美國 1957 年的電影《桂河大橋》的主題曲。

至於「在動作場面的調度和剪輯上，容易辨認出意大利導演塞爾喬‧萊昂內的深刻影響……鵝城的空間設置，尤其是縣衙—廣場的空間關係，很容易讓人聯想到西部片的小鎮」[3]，儘管中國特色非常濃鬱。

第八、「束股」。

元代文人喬夢符提出「鳳頭」、「豬肚」、「豹尾」的寫作章法[19]，後來多成為好文章的標準，即開頭引人注目，內容有乾貨，結尾要有力，且呼應開端。

《讓子彈飛》結尾的畫面和音樂呼應開篇，是為「束股」：畫面上火車遠去對應片頭的火車駛來，同時再次用《送別》和《太陽照常升起》的主題曲，重複片頭音樂，形成疊加；完成音、畫封閉的同時，又再次強調導演風格，評論者稱之為「『簽名』式的作者標識」[3]。

迄今為止，姜文導演的每個電影都有自傳的成分——夢想和理念／信念也屬於自傳，是精神自傳——他鮮明的個人特色甚至遮蔽了主人公的本來面目。這一層，用網友的話說，就是：「他的四部風格各異的電影，都有強烈的自我表達欲望。每一個片中的『我』……都是他內心的部分投射」[12]。

絕對一點說，姜文的電影，基本是為自己量身打造的，原作從來不能束縛他不無自戀的魅力展示。事實上，「姜文的改編幾乎一向是在保留原作框架之下的重寫」[3]。目前只有一個例外，那就是《陽光燦爛的日子》，這是因為，「起根上說，姜文、馮小剛都是王朔的孩子」[14]——這是明白人說的明白話。

我是想站着，还把钱挣了！

## 丙、《讓子彈飛》的新市民電影特質說明

世界上沒有純粹新的東西，電影也一樣。黑格爾說，世界上沒有兩片樹葉相同，指的是事物的局部差別而不是整體。《讓子彈飛》是一部新片，指的是其製作而非本質。討論這部作品，三個核心圓必須交集和兼顧。

第一，原作與改編。

《讓子彈飛》是根據馬識途 1983 年發表的小說《夜譚十記》（人民文學出版社出版）中的第三篇《盜官記》改編而來，現今市面上出現的版本是影片獲得巨大反響後的產物（群言出版社 2011 年版）。這是《盜官記》第二次被改編成電影，第一次是 1985 年，片名叫《響馬縣長》〔註10〕，有網友認同影片對原著的忠實態度[14]。

但也有人指出，小說「一方面延續了 50～70 年代革命歷史小說的基本模式，另一方面也已然把革命歷史書寫傳奇化」[18]，而《響馬縣長》中的張麻子，「被塑造得更像一個革命黨人和游擊隊長」，其原因，「自然是意識形態國家機器之手梳理下的結果」[2]。

1949 年以後，包括歷史事實本身都被納入一元化的意識形態體系強行改造塗抹，文藝作品更不能幸免。因此，作為其中的一顆棋子，《響馬縣長》被「改編得無聲無息」[2]，其實是順理成章的結果。

〔註10〕 《響馬縣長》（故事片，彩色），編劇：錢道遠；導演：李華；攝影：孟憲弟；剪輯：趙葆華、李停戰；美術設計：郭延生；演員：李顯剛……張大川，馬軍勤……楊八姑，康保民……曹鐵嘴，徐明……老七，狄劍青……獨眼龍，林達信……文師爺，白雲……狗子，孫明蘭……菊香；長春電影製片廠 1985 年攝製。以上信息來源：時光網〔EB/OL〕.http://movie.mtime.com/48865/fullcredits.html〔登錄時間：2013-01-01〕。

還有學者認為,「《讓子彈飛》似乎再一次重述 50～70 年代的典型故事……張牧之的形象無疑來自於 80 年代以來重新把 50～70 年代革命歷史故事的倒置……如《一個和八個》、《紅高粱》等」[18]。

換言之,2010 年的《讓子彈飛》,其主題思想品質並沒有超過 1980 年代中國大陸第五代導演的水準,依然是主流意識形態歷史敘事的另類補充,而與姜文自己前三部作品相比,影片的大踏步後退跡象十分明顯。這就涉及所謂的影片分類問題。

第二,影片的分類屬性。

先看網友的論斷:「巨牛逼一個敘事結構」,但卻是「沒成型」的「結構性喜劇」,所以就擰巴成了「二人轉,所有的搞笑全是靠黃段子(川話版還要把這種喜劇路數推上極致)……明顯是《三槍》的路數」;至於票房好的原因,「是因為你趕上了一個 2B 時代,還有五千萬宣發費用,不是片子牛逼」[14]。「姜文的電影敘事,一種類似於後現代審美的狂歡碎片的拼接、纏繞,折射出一種複雜的革命觀,一種並不純粹的歷史觀」[1]。

學者們的意見相對形而上,但也都正中命門:

「如果說 80 年代的《響馬縣長》把《盜官記》意識形態化了,那麼 20 多年後,《子彈》首先是去意識形態化」;後者的表現形式「顯得先鋒;但暴力美學同時也是被國家意識形態確認過的美學原則,在這個意義上,《子彈》的觀念又顯得陳腐和媚俗」;「姜文是不甘心僅僅把《子彈》拍成一部商業大片的,於是他拿著拍藝術片的架勢拍商業片,或是打著商業片的旗號拍藝術片,在兩者之間穿行」[2]。

「《讓子彈飛》的成功無疑標誌著近幾年所出現的叫好又叫座的主流商業大片（如《集結號》、《十月圍城》、《唐山大地震》等）日漸走向圓熟，新世紀以來以古裝武俠所代表中國大片的敘述空洞和主旋律電影所標識的政治說教之間的內在分裂逐漸走向彌合」[18]。

第三，中國電影發展史。

合併上述評論中的同類項，幾個關鍵概念值得注意，那就是「喜劇」及其結構，複雜的、不純粹的「革命觀」和「歷史觀」，以及「商業片」和「主旋律電影」。

之所以說世上無新事，是因為1930年代初期，中國電影就有了新、舊之別，新電影被稱為「新興電影」（運動）[20][21][22]，或「新生電影（運動）」[23]，之前的電影及其時代，我稱為舊市民電影（形態）[24]。

以往的電影史研究對新電影只提左翼電影[25]，實際上還有兩類，那就是同樣脫胎於舊市民電影的新市民電影，以及**國粹電影（前幾年我稱之為**高度疑似政府主旋律影片的新民族主義電影）[24]。左翼電影肇始於1932年，以階級性、暴力性、宣傳性取勝，一時風光無兩，但1936年年初以降，即被國防電影（運動）整合取代，後來成為國統區的唯一主流電影直至抗戰結束[24]。

新市民電影晚於左翼電影一年出現，代表作是有聲片時代的第一部高票房電影《姊妹花》[26]。新市民電影的第一特徵，是保守的政治立場，（這與左翼電影反抗主流價值觀念的激進立場迥異），即一般不與主流意識形態發生正面衝突；換言之，絕不麻煩電影檢查機關，但這並不妨礙其打擦邊球取悅市場。第二個特徵，是奉行新技術主義，視聽手段追求新穎並不惜成本，包括

廣告宣傳。第三個特徵，是喜劇性結構規範內容、人物和情節，並以大團圓收束全片；第四個特徵，是主題思想多有世俗哲理內核，即體現庸俗哲學或曰大眾哲學觀念[27]。

### 第四，與新市民電影相異的新左翼電影

如果用以上四項原則來檢驗，就會發現《讓子彈飛》正合新市民電影的套路。新市民電影保守的政治立場和規避主流意識形態特徵，就是《讓子彈飛》中的民國時代背景以及土匪和土豪劣紳的鬥法故事；這種設置本身就與《鬼子來了》不屬於同一層次，距離超大，因為後者對歷史風貌的修復和展示，明顯針對意識形態話語強勢掌控下的黨派歷史觀念和宣傳。所以有學者認為，「《鬼子來了》呈現了 80 年代以來左翼敘述（的）失敗」[18]。「左翼」這個概念用到這裡顯然是對的，但說到「失敗」，卻只適用於姜文一己的製片方針。

如果保留 1930 年代左翼電影的歷史稱謂和原有語境，那麼，許多創作於 2000 年前後的第六代導演的作品都可以視為新左翼電影。譬如賈樟柯的《小武》（1997）、《站臺》（2000）、《任逍遙》（2002），真實反映底層社會的人物生存狀態；王超的《安陽嬰兒》（2000）、《日日夜夜》（2000），李楊的《盲井》（2000）、《盲山》（2007），是對原生態的殘酷現實予以人文觀照；顧長衛的《孔雀》（2005）、《立春》（2008），從個體角度回望邊緣人物和弱勢群體的歷史命運並給予溫情撫慰——

所有這些，都是 1949 年以後國家行為的宏大敘事中被屏蔽和忽略的社會現實與歷史場景。從這個意義上說，姜文的《陽光燦爛的日子》和《太陽照常升起》與《鬼子來了》一樣，屬於新左翼電影形態。

要么三命抵一命，要么陌时告发我

第五，《讓子彈飛》為什麼會是新市民電影？

問題是，從市場經濟回報的角度看，《鬼子來了》因禁映完全蝕本[6]，而《太陽照常升起》虧損的四千多萬的票房[7]，這個數額正好大致抵消《陽光燦爛的日子》的盈利[5]。因此，《讓子彈飛》轉軌新市民電影便是順理成章的事情，近六億的票房可不就是「站著把錢掙了」？但即使把《讓子彈飛》歸類於商業片，即新市民電影，編導也沒有忘記在追求商業績效的時候凸顯自身的歷史覺悟和個體立場的意識形態表達。

譬如影片的結尾，從老大到手下，土匪們全都金盆洗手、改「邪」歸「正」，騎馬的騎馬，坐車的坐車，居然相跟著去了上海。「浦東就是上海，上海就是浦東」，這種歸類指稱當然不是歷史事實，而是不折不扣的當下視角和時尚話語，可以理解為是近三十年來中國大陸民眾對現代化社會的感性讀解。

也正因為導演有如此這般的「政治」情結，眾多網友以及專家學者，才從影片中「發現」了那麼多的政治隱喻——即使是過度讀解也是一種發現——因為，歷史上的新市民電影最擅長此道，即規避政治風險（打擦邊球）。

順便需要提到的是，歷史上的左翼電影從來沒有高票房的投資回報記錄[註11]。1930 年代是如此，1940 年代的高票房電影也是如此，譬如飽受電影

[註11] 有聲片時代的第二部高票房電影是蔡楚生 1934 年編導的《漁光曲》，前幾年我將之劃入左翼電影（參見拙著《黑白膠片的文化時態——1922～1936 年中國早期電影現存文本讀解》之第 23 章《向新市民電影靠攏：超階級的人性觀照和電影新視聽模式的構建——〈漁光曲〉（1934 年）：變化中的左翼電影之四》，上海三聯書店 2009 年版）。這幾年我修正了自己的看法，認為《漁光曲》應屬於新市民電影形態，祈參見拙作：《新市民電影：超階級的人性觀照和新電影視聽模式的構建——配音片〈漁光曲〉（1934 年）再讀解》（載《電影評介》2016 年第 18 期，貴陽，半月刊）。

史研究者們高度評價的《一江春水向東流》（1947），也沒有被歸於左翼電影的範疇，而只是稱讚其「優秀」[28]。

替黄老爷把这条腿接上！

　　積極奉行技術主義路線是新市民電影的第二個特徵，即盡可能地抬升技術製作等級、追逐行業最高標準，盡可能地大量使用最新科技成果，以達到視聽奇觀的效果並以此廣為招徠。歷史上的新市民電影由於（有條件、有選擇地）抽取左翼電影元素以迎合市場需求，因此其社會反響雖並不遜於左翼電影，但充其量是打了個平手。

　　但由於左翼電影以理念宣傳和滿足時政信息索取取勝，所以相對忽略技術表達手段[24]——資金或曰投資考量是第二位的因素。譬如直至 1934 年，聯華影業公司拍攝的最偉大的左翼經典《神女》還是無聲片——而早在一年前，明星影片公司就已全面實現電影有聲化，高票房電影《姊妹花》就是些許左翼電影思想元素和有聲技術完美結合的產物[24]。

　　隨著對白有聲化的全面推廣，亦即歌舞元素的大量使用——左翼電影的歌舞完全服務於主題思想，《風雲兒女》（電通影片公司 1935 年出品）的片頭片尾歌曲《義勇軍進行曲》就是一個有力證據，片中的歌舞伴唱《鐵蹄下的歌女》也是如此作用。

　　反觀新市民電影，其歌舞元素在滿足市場需求的同時，更注重娛樂化的觀賞效果和視聽心理需求，進而形成文化性消費——這就是為什麼新市民電影能夠跨越不同歷史時空，尤其是突破抗戰期間的地緣政治格局制約，並於1949 年後順利和全面地轉進香港市場的根本原因之一[24]。

　　《讓子彈飛》中火車飛舞的特效合成，以及對《送別》、迎賓鼓樂、《太陽照常升起》主題曲等歌舞元素的多次應用，不僅完全符合新市民電影的技術主義特徵，而且在音畫結合層面形成張力：畫面往左擰，音樂往右擰。物理學意義上的張力，指的是「緊張狀態下引起的力」[29]，是兩個不同方向的力作用的結果。電影學意義上的張力，則是審美過程中獲得的視覺效果。

　　反觀第六代導演的代表作品**或曰新左翼電影**，包括姜文的前三部電影，由於主題思想以及題材自身的豐盈和銳利已經具備強大的顛覆力量，因此許多作品反而不太需要歌舞元素甚至有意消減，以免沖淡和掩抑其意識形態色彩。譬如前面提到的、1930 年代的無聲片《神女》，以及 2000 年以後的《安陽嬰兒》、《盲井》、《日日夜夜》等，**都是如此**。

　　換言之，無論是歷史上的左翼電影，還是第六代作品中的新左翼電影，（或曰地下電影），其實都不大需要這些歌舞元素的佐襯，更遑論神馬數碼特技和特效合成。換言之，左翼電影，無論新舊，其主題思想表達以及禁忌性題材本身的內核驅動和運行空間已經足夠廣闊，根本不需要外置硬盤或驅動軟件來畫蛇添足。這也是歷史上的左翼電影和第六代導演的新左翼電影看上去都比較沉重的原因之一。

　　因為左翼電影多是悲劇或正劇，而新市民電影的第三個特徵就是喜劇。新市民電影的第四個特徵，即庸俗哲學或曰大眾哲學觀念體現，由於經常以低俗甚至媚俗的形式表達，所以常常招致否定性批判。譬如評論者們對《讓子彈飛》眾說紛紜，但都未將其視為或劃歸「藝術片」，原因就在這裡。

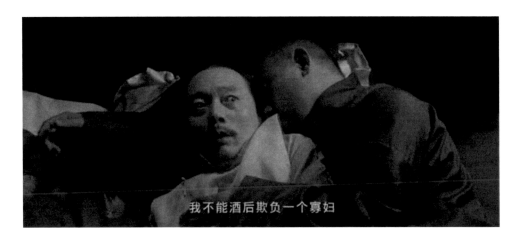

## 丁、結語

現今論者們談及文藝作品的「俗」,有時往往三詞並用,即「庸俗、低俗、媚俗」,據說最初這是主流相聲界批判「非主流」演員郭德綱的用語[30]。

其實,這種來自體制內的批判並無創意,不過是中國大陸幾十年來抹黑論述對象最常見的意識形式形態用語之一,不無陳腐的霸氣。學術界則一般會用其中一個詞來規劃和形容非藝術類影片,譬如前面提到的對《三槍拍案驚奇》和《讓子彈飛》的批評。

實際上我認為,對商業電影或新市民電影,「庸俗」倒是一個最接近其本質的評價用語。這是因為,它在隨機兼容「低俗、媚俗」品質的同時,又可以一定程度地約束批評者的主觀惡意態度,盡可能靠近中性立場和客觀角度。但做到這一點的唯一前提,就是尊重中國電影歷史發展本身。

　　就現存的、公眾可以看到的1930年代的新市民電影而言，其庸俗的主題思想，顯然與左翼電影激進的立場表達和社會革命理念相去甚遠，很有些只談家長里短、不涉國是的架勢。

　　譬如，《脂粉市場》（明星影片公司1933年出品），鼓勵不願意被人包養的漂亮女人自尊自立；《姊妹花》（明星影片公司1933年出品）將親情置於法律之上並以此化解危機；《女兒經》（明星影片公司1934年出品）以莊諧並重的手法，大談為婦之道，寓教於樂；《都市風光》（電通影片公司1935年出品）告訴你，相互欺財騙色的男女流氓都沒有好下場；《船家女》（明星影片公司1935年出品）以偽左翼的姿態，將妓女從良的故事新編；《新舊上海》（明星影片公司1936年出品）鼓吹夫唱婦和、睦鄰友好，很有「家和萬事興」的古風遺韻〔註12〕。

　　至於《漁光曲》（聯華影業公司1934年出品），貌似左翼電影，實際上還是以親情倫理折射社會現實矛盾，並無左翼電影的階級鬥爭內核。

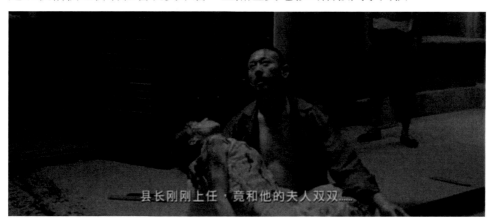

县长刚刚上任，竟和他的夫人双双……

[註12] 對這些影片的具體評價，請參見拙著《黑白膠片的文化時態──1922～1936年中國早期電影現存文本讀解》之第14章：《庸俗的力量：新技術、新路線、新思想，舊觀念──〈脂粉市場〉（1933年）：新市民電影樣本讀解之一》、第15章：《市場經濟中的雅、俗文化互滲與高票房國產影片──〈姊妹花〉（1933年）：新市民電影樣本讀解之二》、第25章：《以舊市民電影為依託、以左翼元素為賣點的有聲大片──〈女兒經〉（1934年）：新市民電影樣本讀解之三》、第30章《用庸俗面對市場，以技術取代思想──〈都市風光〉（1935年）：新市民電影樣本讀解之四》、第31章《借助「左翼」之名，行「新市民」（電影）之實──〈船家女〉（1935年）：新市民電影讀解之五》，以及第32章《左翼電影的轉型、分流與新市民電影的趁勢崛起──〈新舊上海〉（1936年）：新市民電影讀解之六》等。

　　所謂國是就是政治，而一般民眾總會對「政治」理念多有誤判誤解。層次高一點會理解為那是專業集團或黨派的理論綱領和實踐性行為，層次低一點的會想到那是關乎國計民生的大是大非範疇，普通民眾既無從染指也無法參與。所以，總有人說不關心政治，或者，對政治不感興趣。其實，這兩種情形恰恰都是關心政治的一種態度；或者說，不關心政治本身就是關心姿態，不參與就是參與行為的實操體現。

　　就《讓子彈飛》而言，雖然影片刻意將時代背景放置於民國時代，但諸多「政治隱喻」還是暴露了編導的意識形態價值取向，甚至大量使用其話語體系編碼，譬如「辛亥是一種革命」。問題是，編導的這種取向和表達本身就不無庸俗品質。

　　「重要的不是故事講述的年代，而是講述故事的年代」[2]。在歷史學家眼裏，《讓子彈飛》的「革命」理念和行為雖然不無生活真實，但畢竟是藝術創作；在評論者看來，《讓子彈飛》更多地屬於編導自己對「革命」的歷史覺悟。但無論哪一種判斷，都必須警醒：六億人民幣的票房代表了當下諸多中國大陸觀眾對官修「正史」結論的反叛姿態，以及對歷史和現實虛實相間的文化消費心態。

　　儘管編導的手段和方式有所改變，儘管影片的商業化色彩濃重，但骨子裏的東西是抹不掉的：《讓子彈飛》依然是《太陽照常升起》中觀照歷史的延續，只不過體現出更強悍的大眾哲學，即庸俗哲學。

## 戊、多餘的話

### 子、姜文的美女

姜文每一部電影都能推出一個絕色美女讓我感覺驚豔莫名：《陽光燦爛的日子》是寧靜，她的性感體型尤其是肉感的小腿；《鬼子來了》是姜宏波，出彩的地方是她的腳部特寫鏡頭；《太陽照常升起》看上去是推出了周韻，實際上最出風頭的除了孔維，就是陳沖的「梅開二度」。

陳沖在幾乎是三十年前的《小花》（北京電影製片廠 1979 年攝製）裏，表現的是無產階級暴力革命規範下女性的「陽剛」美，但到了《太陽照常升起》，則一變為紅色年代城市中成熟知識女性充滿蠱惑力的肉感健美。這種極具內地風情的熟女之美，是姜文為中國電影做出的傑出貢獻之一。因為，陳沖的形象，與其說來自她自身形體的優勢，不如說來自姜文的藝術開發利用。但同時人們不應該忘記，最具開發價值的是姜文最初的搭檔——與陳沖同輩的影星劉曉慶。

雖然《讓子彈飛》跟《太陽照常升起》一樣，觀眾都能看出姜文力推周韻的苦心，但單就《讓子彈飛》來說，周韻那麼多的戲份實屬勉強，原因是她飾演的人物本身就可有可無。實際上沒有人會否認，那位扮演大胸民女的趙銘，一分鐘都不到（47 秒）的戲，風頭直逼女主演劉嘉玲——這位香港演員當然不屬於姜文推出的美女範疇，其聘用主要是出於票房考慮，功能類似於周潤發。

問題是，一個好太太一定要是做個好演員嗎？誇張點說，姜文的四個電影，如果說有敗筆的話，那也就僅限於此。我不想引用網友的評論，但他的

目的是出於對姜文的熱愛，所以還是要引：「周韻那個角色去掉有什麼影響？……」[14]。周韻的表演，帶有極典型的學院表演模式，我甚至擔心她會成為失去張藝謀後的鞏俐。

## 丑、姜文的小兄弟

姜武是姜文的親弟弟，這個當然算，這裡要說的是扮演老六的張默。張默最初進入公眾視野的，是他暴打被潛規則的同學女友事件。公眾當然首先反對潛規則，但女的挨打讓人難以接受。這裡姜文用張默，而且讓他扮演第一個出鏡的人物，不說他的戲份，只說這種安排，就可以體味到姜文關照同行後輩的良心善意。剛看到張默的後腦勺，剎那間我還以為那是房祖名——這也是姜文著力提攜的另一個後輩小兄弟，那是幾年前的《太陽照常升起》。

因為是成龍的兒子，這種使用實際上等於把大陸和香港演藝界以一種民間契約或江湖義氣的方式給結合了起來，客觀上扭轉了大陸／內地和香港電影界的不對等地位：1949 年後尤其是 1970 年代後，香港電影是老大，大陸／內地是學徒——影片裏的張默既是姜文的兄弟也是乾兒子，這對影片外的乃父張國立不無調侃之意。

生活和藝術從來都應該是是一體的，演藝行業本身就是以義氣行走江湖、立足社會的。而且，張默飾演的人物，實際上給了他一個全新的形象：冤屈，但不惜以死自證清白，不無社會意義。姜文對新演員的啟用上，真的有心、用心、真心、細心、貼心，還有雄心。

## 寅、日本女演員、老七及其他群眾演員

如果說，《太陽照常升起》是姜文個人為大陸／內地和香港電影界搭建的一條半隱秘通道，那麼，《讓子彈飛》可以看作是繼《鬼子來了》之後，姜文為中日演藝界搭建的另一條半隱秘通道的後續工程。

只要稍加回顧一下1949年之前的中國電影歷史發展就會知道，日本電影和演藝界對中國的影響，一定程度上，並不亞於歐美和蘇聯……。就大陸電影界而言，日本演藝人員的貢獻，幾乎不亞於其他行業從外國獲得的收益，譬如軍工業之於蘇聯援助。這就是為什麼《讓子彈飛》裏會有那麼「一票」日本女演員的根本原因。這個無可非議，實際上是功德無量，無論是從導演個人的角度，還是演藝界全球化的視角。

扮演老七的危笑，不僅姓名（也許是藝名）有特點，長相也獨具一格。窄把臉，小眼兒。我課上誇這個演員英俊，聽講的學生都不同意，說人家沒長開，五官擠一塊兒了。審美無爭辯。我倒覺得他利落、乾淨，小眼炯炯有神，對他特別有好感。人對某種類型的人天生有好感，對有些人天生沒好感，並不受理性的控制。人所謂一見如故，我相信包括外貌上的，看著就舒服放心。就像你有時候買東西，不看價錢，直接看那個東西，憑的是感覺。

至於影片中的其他中國大陸群眾演員，應該說，所有的表演都無可挑剔，尤其是群體性暴力場面，無論有臺詞的還是沒有臺詞的，基本合格，因為他們的肢體語言和神態氣質都與影片的主題思想訴求相吻合。從一定意義上說，這是國人的拿手好戲，一旦上鏡出演，甚至都不需要排練。

## 卯、給力的臺詞及其補充

幾乎所有觀眾都注意到了影片許多給力的臺詞並且津津樂道：「或一針見血，或語帶雙敲，或激情澎湃，或荒唐可笑。要之，都落在了地面，紮了根。……這種語言對白的張力，正在於其打通了歷史與現實的通道，時而六經注我，時而我注六經」[1]。

譬如，第一，「死人有時候比活人管用」。這已經不是臺詞是歷史現象總結了：數以億萬計的人至今還都活在死人的意識規範中不可自拔，而且還不許有質疑或改變。

第二，「贗品是個好東西」。翻譯成時髦話語就是「山寨是個好東西」，譬如買不起正版的可以買仿冒的，既體面又實用。

第三個，「花錢買官是跪著要飯」。這一點肯定會有很多人不同意，認為是過時的話。

至於「辛亥不是個地方，是個革命」，則反映了特別悲哀的事實。那就是雖然沒了皇帝，但許多人在精神上還是跪著的奴才，而且還留著辮子，因為大小皇上隨處可見。

這是個奇蹟，「不管你信不信，反正我是信了」。[註13]

---

〔註13〕本章文字的主體部分（不包括戊、多餘的話）約 11000 字，最初曾以《1930 年代新市民電影的盛裝返場——以 2010 年的〈讓子彈飛〉為例》為題，先行發表於《學術界》2013 年第 4 期（合肥，單月刊；責任編輯：黎虹）。全文配圖版作為第十章，收入《新世紀中國電影讀片報告》。此次新版，恢復了先前被刪除的語句（正文中均以黑體字標識），新增專業鏈接 1：影片經典臺詞、篇末的英文摘要、影片 DVD 碟片及包裝的六幅圖片，以及正文中的第一、第二幅影片截圖。特此申明。

初稿時間：2011 年 12 月 31 日
初稿錄入：鍾端梧
二稿修改：2012 年 12 月 22 日～2013 年 1 月 15 日
配圖日期：2013 年 5 月 3 日
圖文修訂：2016 年 5 月 3 日～22 日
圖文校訂：2017 年 5 月 1 日～3 日
新版校訂：2020 年 3 月 31 日

## 參考文獻：

〔1〕百度百科〔EB/OL〕.http://baike.baidu.com/view/2653231.htm，〔登陸時間 2012-12-27〕

〔2〕趙勇.《讓子彈飛》：先鋒與媚俗〔J〕. China Report（《中國報導》），2011（1）：101～103.

〔3〕王垚.現象級電影《讓子彈飛》〔J〕.當代電影，2011（2）：44～47.

〔4〕網易娛樂〔EB/OL〕.http://ent.163.com/edit/011113/011113_107144.html，〔登陸時間 2012-12-25〕.

〔5〕華龍網：投資：1000 多萬——《劉曉慶曾四處借錢支持姜文拍〈陽光燦爛的日子〉》〔EB/OL〕. http://ent.cqnews.net/html/2011-01/10/content_5583679.htm，〔登陸時間 2012-12-25〕；「名 famous 網」：票房：5000 萬 http://famous.bjnews.com.cn/2011/0105/919.shtml，〔登陸時間 2012-12-25〕。

〔6〕互動百科：《鬼子來了》（2000）投資：2000 多萬（「比原計劃 2000 萬投資超 30% 還多」〔EB/OL〕.http://www.baike.com/wiki/%E3%80%8A%E9%AC%BC%E5%AD%90%E6%9D%A5%E4%BA%86%E3%80%8B，〔登陸時間 2012-12-25〕；搜狐娛樂網：內地未上映，據說「以很低的價格賣出歐洲版權，虧損 20%」（《組圖：回首華誼輝煌發展七部電影成就娛樂大鱷》，〔EB/OL〕.http://yule.sohu.com/20070531/n250330081.shtml，〔登陸時間 2012-12-25〕。

〔7〕騰訊網：《太陽照常升起》（2007），投資：6000 萬（《〈太陽〉即將下
　　　檔姜文：我還希望票房十個億》），〔EB/OL〕.http://ent.qq.com/a/
　　　20071016/000078.htm，〔登陸時間 2012-12-25〕。

〔8〕電影票房查詢網：票房：1600 萬〔EB/OL〕.http://tbzs.sinaapp.com/
　　　box.php？type=0&film=%E5%A4%AA%E9%98%B3%E7%85%A7
　　　%E5%B8%B8%E5%8D%87%E8%B5%B7&year=，〔登陸時間 2012-
　　　12- 25〕。

〔9〕電影票房查詢網：票房：66470 萬元，http://tbzs.sinaapp.com/box.
　　　php?type=0&film=%E8%AE%A9%E5%AD%90%E5%BC%B9%E9%A
　　　3%9E&year=，〔登陸時間 2012-12-25〕。

〔10〕網易娛樂：《讓子彈飛》（2010）：投資：1.5 億（《讓子彈飛為何這麼
　　　火？製片人：兩年半耗 1 億 5 很值得》）〔EB/OL〕. http://www.sinonet.
　　　org/news/ent/2010-12-27/115430.html）

〔11〕張鳴：讓子彈飛是一種革命 http://blog.sina.com.cn/s/blog_ 50d575500
　　　100nyf9.html，〔登陸時間 2010-12-27〕.

〔12〕豆瓣評論：何其低俗 vulgar 的日記〔EB/OL〕.http://www.douban.com/
　　　note/121609621，〔登陸時間 2011-12-25〕.

〔13〕百度百科〔EB/OL〕.http://baike.baidu.com/view/4571705.htm，〔登陸時
　　　間 2012-12-24〕。

〔14〕《讓子彈飛》：傻掰十記（圖賓根木匠發布於：2010-12-20 13：10）〔
　　　EB/OL 〕.http://i.mtime.com/t193244/blog/5342680/ ，〔 登 陸 時 間
　　　2010-12-26〕。

〔15〕千高原.馬屁股的寬度〔J〕.北京：發現，2003（7）：1.

〔16〕劉鵬.周恩來總理妙語薈萃：馬克思主義道路〔J〕.北京：華北民兵，
　　　2010（3）：63.

〔17〕韓春鳴.坐火車吃午飯的慈禧太后〔J〕.長春：蘭臺內外，2008（6）：
　　　57.

〔18〕張慧瑜.葛優的文化功能與《讓子彈飛》的現實想像〔J〕.北京電影學
　　　院學報，2011（2）：99～104.

〔19〕百度百科〔EB/OL〕.http://baike.baidu.com/view/168304.htm，〔登陸時
　　　間 2012-12-31〕.

〔20〕李少白.中國電影史〔M〕.北京：高等教育出版社，2006：57.

〔21〕陸弘石，舒曉明.中國電影史〔M〕.北京：文化藝術出版社，1998：41.

〔22〕丁亞平.影像時代——中國電影簡史〔M〕.北京：中國廣播電視出版社，
　　　2008：51.

〔23〕李道新.中國電影文化史〔M〕.北京：北京大學出版社，2005：145.

〔24〕袁慶豐.1922～1936 年中國國產電影之流變──以現存的、公眾可以看到的文本作為實證支撐〔J〕.學術界，2009（5）：245～253.

〔25〕程季華.中國電影發展史：第 1 卷〔M〕.北京：中國電影出版社，1963：183.

〔26〕袁慶豐.雅、俗文化互滲背景下的《姊妹花》〔J〕.當代電影，2008（5）：88～90.

〔27〕袁慶豐.1936 年：有聲片《新舊上海》讀解──中國左翼電影轉型、分流後現存唯一的新市民電影〔J〕.汕頭大學學報，2008（2）：39～43.

〔28〕程季華.中國電影發展史：第 2 卷〔M〕.北京：中國電影出版社，1963：223.

〔29〕百度知道〉教育／科學〉理工學科〉物理學〔EB/OL〕.http://zhidao.baidu.com/question/408810313.html，〔登陸時間 2013-1-7〕.

〔30〕百度百科〉百科名片〔EB/OL〕.http://baike.baidu.com/view/696872.htm，〔登陸時間 2013-1-11〕.

## 2010：Let the Bullets Fly

### Encore of 1930s New Citizen Film

Read Guide：Not all the historical pictures in this film are fictional, because the characters and plots in a history tend to be more comic than those in the story, which is the creation attitude of hallucinatory historicism. It is a production strategy rooted in scientific realism to adapt a comic history to a story and film it, then earn good money in the market. This kind of film seems philistinism, but there is something in it. Such production strategy and creative design are not new in China;s film history, because New Citizen Film is a master in this field. *Let bullets fly* is one of new versions of New Citizen Film, which have come on in mainland since 2000. It is also Jiang Wen's choice in such a market ecology, who is a representative of the sixth generation directors, after Zhang Yimou, the fifth generation directors.

Key words：Jiang Wen; box office; New Citizen Film; Left-wing Film; China's film history

圖片說明：在中國大陸市場上公開銷售的《讓子彈飛》
DVD 碟片之四川話版（上）、普通話版（下）。

圖片說明：在中國大陸市場上公開銷售的《讓子彈飛》
DVD 碟片之四川話版（上）、普通話版（下）。